जीवन की दो अतियाँ

ध्यान और धन

ध्यान का धन और धन का ज्ञान

वॉव पब्लिशिंग्स द्वारा प्रकाशित श्रेष्ठ पुस्तकें

१. **इन पुस्तकों द्वारा आध्यात्मिक विकास करें**
   - **निःशब्द संवाद का जादू** – जीवन की १११ जिज्ञासाओं का समाधान
   - **विचार नियम** – आपकी कामयाबी का रहस्य
   - **ध्यान नियम** – ध्यान योग नाइन्टी
   - **कर्मयोग नाइन्टी** – हर एक की गीता अलग है
   - The **मन** – कैसे बने मन : नमन, सुमन, अमन और अकंप
   - **कैसे लें ईश्वर से मार्गदर्शन** – जो कर हँसकर कर
   - **अभिमान से मुक्ति** – नम्रता की शक्ति
   - **ए टू ज़ेड २६ सबक** – 26 Lessons of life
   - **पहले राम फिर काम** – भक्ति शक्ति रामायण पथ

२. **इन पुस्तकों द्वारा स्वमदद करें**
   - **मोह, अहंकार और बोरडम से मुक्ति** – सूक्ष्म विकारों पर विजय
   - **समय नियोजन के नियम** – टाईम मैनेजमेंट
   - **समग्र लोकव्यवहार** – मित्रता और रिश्ते निभाने की कला
   - **विकास नियम** – आत्मविकास द्वारा संतुष्टि पाने का राज़
   - **भय, चिंता और क्रोध से मुक्ति** – स्थूल विकारों से मुक्ति
   - **नींव नाइन्टी** – नैतिक मूल्यों की संपत्ति
   - **स्वसंवाद का जादू** – अपना रिमोट कंट्रोल कैसे प्राप्त करें
   - **संपूर्ण लक्ष्य** – संपूर्ण विकास कैसे करें
   - **संपूर्ण सफलता का लक्ष्य**
   - **निर्णय और ज़िम्मेदारी** – वचनबद्ध निर्णय और जिम्मेदारी कैसे लें
   - **आलस्य से मुक्ति के ७ कदम**

३. **इन पुस्तकों द्वारा हर समस्या का समाधान पाएँ**
   - **प्रार्थना-बीज** – एक अद्भुत शक्ति
   - **स्वास्थ्य त्रिकोण** – स्वास्थ्य संपन्न
   - **सुनहरा नियम** – रिश्तों में नई सुगंध
   - **स्वीकार का जादू** – तुरंत खुशी कैसे पाएँ

४. **इन आध्यात्मिक उपन्यासों द्वारा जीवन के गहरे सत्य जानें**
   - मृत्यु का महासत्य **मृत्युंजय**
   - **स्वयं का सामना** – हरक्युलिस की आंतरिक खोज

सरश्री

जीवन की दो अतियाँ

ध्यान और धन

ध्यान का धन और धन का ज्ञान

जीवन की दो अतियाँ
ध्यान और धन

प्रथम आवृत्ति : नवंबर २०१७

रीप्रिंट : दिसंबर २०१९

प्रकाशक : वॉव पब्लिशिंग्स प्रा. लि., पुणे

ISBN: 978-81-8415-395-8

© Tejgyan Global Foundation
All Rights Reserved 2017.
Tejgyan Global Foundation is a charitable organization with its headquarters in Pune, India.

© सर्वाधिकार सुरक्षित

वॉव पब्लिशिंग्ज् प्रा. लि. द्वारा प्रकाशित यह पुस्तक इस शर्त पर विक्रय की जा रही है कि प्रकाशक की लिखित पूर्वानुमति के बिना इसे व्यावसायिक अथवा अन्य किसी भी रूप में उपयोग नहीं किया जा सकता। इसे पुनः प्रकाशित कर बेचा या किराए पर नहीं दिया जा सकता तथा जिल्दबंद या खुले किसी भी अन्य रूप में पाठकों के मध्य इसका परिचालन नहीं किया जा सकता। ये सभी शर्तें पुस्तक के खरीददार पर भी लागू होंगी। इस संदर्भ में सभी प्रकाशनाधिकार सुरक्षित हैं। इस पुस्तक का आंशिक रूप में पुनः प्रकाशन या पुनः प्रकाशनार्थ अपने रिकॉर्ड में सुरक्षित रखने, इसे पुनः प्रस्तुत करने की प्रति अपनाने, इसका अनूदित रूप तैयार करने अथवा इलेक्ट्रॉनिक, मैकेनिकल, फोटोकॉपी और रिकॉर्डिंग आदि किसी भी पद्धति से इसका उपयोग करने हेतु समस्त प्रकाशनाधिकार रखनेवाले अधिकारी तथा पुस्तक के प्रकाशक की पूर्वानुमति लेना अनिवार्य है।

Jeevan ki do Atiyan
Dhyan aur Dhan
by **Sirshree** Tejparkhi

यह पुस्तक समर्पित है,
उन लोगों को,
जो हर दिन
बिना चूके
ध्यान करते हैं।

विषय सूची

प्रस्तावना - ध्यान को धन और धन को ध्यान की दौलत बनाएँ 9

खण्ड 1 - ध्यान का धन 13

1 भूत-भविष्य के पार- ध्यान 15

2 ध्यान का असली अर्थ 21

3 ध्यान में विकास का असली अर्थ 23

4 ध्यान का मूल लक्ष्य 29

खण्ड 2 - सांसारिक जीवन में ध्यान का महत्त्व 35

5 माया का तीर, ध्यान की ढाल 37

6 दिशा दें ध्यान को 40

7 ध्यान से स्वध्यान की ओर 43

8 ध्यान मंत्र 47

9 ध्यान के चार दुश्मन 52

10 ध्यान द्वारा स्वयं को संतुलित कैसे रखें 55

11 नींद में बेहोशी, समाधि में होश 59

7

खण्ड 3 - महाध्यान का ध्यान — 65

12. ध्यान – मूल मान्यता का इलाज — 67
13. शरीर से महाध्यान की तैयारी करवाएँ — 70
14. शरीर को महाध्यान के लिए ग्रहणशील बनाएँ — 78
15. महाध्यान — 82
16. संपूर्ण ध्यान — 87
17. गहरी ध्यान विधियाँ — 93

खण्ड 4 - धन का ज्ञान — 99

18. उन्नति का रहस्य — 101
19. धन की मान्यताएँ — 103
20. समय, प्रेम, पैसा या ध्यान — 107
21. फिजूल खर्च से बचें — 112
22. देने में कंजूसी न करें — 115
23. लक्ष्मी आप पर प्रसन्न हो — 120
24. प्रेम की दौलत — 122

परिशिष्ट 1

25. ध्यान की डिक्शनरी — 125

परिशिष्ट 2

तेजज्ञान की जानकारी — 133-144

ध्यान को धन और धन को ध्यान की दौलत बनाएँ

गाँव की महिला से सीखें

प्रस्तावना

अकसर आपने गाँवों, फिल्मों अथवा चित्रों में अपने सिर पर पानी का मटका लिए जा रही महिला का दृश्य देखा होगा। अब इस दृश्य को नए दृष्टिकोण से देखने से आपको जीवन का एक रहस्य समझ में आने लगेगा।

एक गाँव की महिला सिर पर पानी का मटका लिए अपने घर जा रही है। उसके साथ उसका छोटा बेटा भी है, जो उसकी उँगली पकड़कर चल रहा है।

महिला की मंज़िल घर है। वह महिला अपने बेटे को संभालते हुए अपने घर की ओर जा रही है। यह कार्य करते हुए उसका ध्यान सतत उस मटके पर भी है, जो कभी भी गिर सकता है या जिसका पानी बाहर छलक सकता है। वह बिना पानी छलकाए पानी का मटका और अपना बेटा दोनों को घर लेकर जाती है।

अब उपर्युक्त उदाहरण में दिए गए प्रतीकों का अर्थ भी समझें।

हमारा कुल-मूल उद्देश्य - हमारी मंज़िल (घर)

दिनभर के कार्य - हमारे बच्चे

सिर पर रखा हुआ मटका - हमारा केंद्र (तेजस्थान)

हमें भी उस महिला की तरह चलना सीखना है। इसका अर्थ हमें बाहर का अनुकरण नहीं करना है। हमें उस महिला के आंतरिक अवस्था का पता लगाना होगा। कार्य करते हुए हमें भी अपने ध्यान का एक हिस्सा अपने हृदय

स्थान (स्रोत) पर रखना होगा। इसके साथ अपने कार्यों को जारी रखना होगा। ऐसा करते हुए कई बार हमारा ध्यान केंद्र से हट जाएगा लेकिन हमें फिर-फिर से अपने ध्यान को हृदय स्थान (केंद्र) पर लगाना होगा। निरंतर अभ्यास और सत्य की प्यास से यह कार्य संभव हो सकता है। यह होने के बाद आपका जीवन रूपांतरित हो जाएगा।

गाँव की महिला जब घर जा रही है तब यदि रास्ते में उसे कोई सहेली मिल जाए और कुछ क्षण वह उससे बात करना चाहे तब वह महिला क्या करती है? वह महिला अपनी सहेली से बात करते हुए भी अपने बेटे का हाथ नहीं छोड़ती, मटके से ध्यान दूर नहीं हटाती। बातचीत समाप्त होते ही वह अपनी मंज़िल (घर) की ओर चल पड़ती है। क्या वह अपनी मंजिल (लक्ष्य) भूल जाती है? नहीं, सहेली से बात खत्म होते ही वह फिर से अपने लक्ष्य की ओर चल पड़ती है। ठीक इसी तरह हमें भी सांसारिक काम करते हुए कोई रुकावट आने पर उसे सुलझाने के बाद तुरंत अपने लक्ष्य (सत्य) की ओर चल देना चाहिए।

गाँव की महिला मटके और बच्चे पर एक साथ ध्यान रखते हुए यह भी याद रखती है कि मटके का पानी प्यास बुझाता है। क्या वह महिला रास्ते में किसी से पानी माँगेगी? नहीं। यदि वह दूसरों से पानी माँगती है तो इसका अर्थ है कि वह अपने पास मौजूद पानी (सत्य ज्ञान) को भूल गई है। हम लोगों से क्या माँगते हैं? हमारे निर्णय कैसे होते हैं? क्योंकि हमारे निर्णय ही हमारी अवस्था बयान करते हैं। हमारे निर्णय बताते हैं कि हम अपना लक्ष्य, अपना स्वरूप भूल गए हैं या हमें अपना लक्ष्य और स्वरूप याद है। जब हम सच्चाई भूल जाते हैं तब दूसरों से ध्यान की चाहत रखते हैं। जैसे गाँव की महिला दूसरों से पानी नहीं माँगती, उलटा दूसरों को पानी देती है, वैसे ही हम सच्चाई याद रखने के बाद दूसरों से ध्यान नहीं माँगेंगे बल्कि दूसरों को ध्यान, दान, प्रेम, समय और सेवा देंगे।

उपर्युक्त उदाहरण से आप प्रेरणा प्राप्त कर कार्य कर सकते हैं। आज हर इंसान सत्य पाना चाहता है लेकिन सत्य की राह में आनेवाली रुकावटों से रुक जाता है। जीवन में होनेवाली घटनाओं से परेशान होकर वह मन को बहाना दे देता है। बहाना पाकर मन लक्ष्य की ओर यात्रा बंद कर देता है लेकिन इंसान को उस गाँव की महिला से यह सीखना चाहिए कि सहेली (रुकावट) मिलने के बाद भी वह महिला जैसे अपना लक्ष्य नहीं भूलती वैसे ही हमें भी अपना लक्ष्य नहीं भूलना चाहिए।

कभी भी मन के बहानों में हमें नहीं बहना है। जो लोग बहानों में बह गए उन्होंने अपने जीवन में कभी भी अपना लक्ष्य नहीं पाया। वे लोग जीवनभर दुःख, असंतुष्टि और पश्चाताप में जीते रहे और जीवन के अनमोल रहस्य जाने बिना इस संसार से चले गए। हमें बहानों में तैरकर अपने असली घर की ओर चलना है।

इस पुस्तक में आप जीवन की दो अतियों के बारे में जाननेवाले हैं। जीवन की दो अतियों में एक तरफ है 'ध्यान' और दूसरी तरफ है 'धन'। ध्यान हमें परमात्मा तक पहुँचाता है जबकि धन (लोभ) हमें परमात्मा से दूर कर सकता है। परंतु ऐसा होने से बचा जा सकता है। कैसे? यह समझें। पैसे का यदि सही इस्तेमाल किया जाए, उसे परमात्मा प्राप्ति के लिए निमित्त बनाया जाए तो यही धन साधन बन जाता है। इस तरह धन और ध्यान दोनों हमें स्वअनुभव प्राप्ति में सहयोग कर सकते हैं।

ध्यान द्वारा आप अपने जीवन में संपूर्णता ला सकते हैं। यह संपूर्णता महाध्यान (संपूर्ण ध्यान) सीखकर प्राप्त करें। संपूर्ण ध्यान विधि इसी पुस्तक का एक अंग है। तो आइए, दो अतियों के बीच में संतुलन साधकर ध्यान को धन और धन को ध्यान की दौलत बनाएँ।

सरश्री...

खण्ड 1
ध्यान का धन

1
भूत-भविष्य के पार- ध्यान

'ध्यान का ध्यान महाध्यान है और महाध्यान का ध्यान परमेश्वर प्राप्ति का मार्ग है।'

प्रस्तुत पुस्तक पढ़ते हुए शुरुआत में आपको कुछ शब्द कठिन और उलझानेवाले लग सकते हैं मगर बहुत जल्द ही आपको पता चलेगा कि यह बहुत आसान है। ध्यान का ध्यान आप कब कर पाते हैं? आप भूतकाल और भविष्यकाल में जाकर ध्यान का ध्यान नहीं कर सकते। जब भी आप ध्यान का ध्यान करते हैं तब आपको वर्तमान में ही होना पड़ता है क्योंकि वर्तमान में ही ध्यान का ध्यान किया जा सकता है।

जिस चीज़ पर आप ध्यान देते हैं वह बढ़ती है

हम जिस चीज़ पर ध्यान देते हैं वह चीज़ फलती है, फूलती है, बढ़ती है। जब आप बच्चों पर ध्यान देते हैं तो जानते हैं कि बच्चे स्वस्थ बनते हैं, जल्दी काबिल होते हैं, उनके अंदर गुण विकसित होते हैं। जिन बच्चों पर ध्यान नहीं दिया जाता, वे दूसरों का ध्यान खींचना चाहते हैं इसलिए वे बच्चे तोड़-फोड़ करते रहते हैं। उन्हें लगता है कि 'जब तक हम कुछ तोड़-फोड़ नहीं करेंगे तब तक माँ रसोईघर से बाहर आकर हम पर ध्यान नहीं देगी।' जैसे-जैसे बच्चों को सही मात्रा में ध्यान मिलता है, वैसे-वैसे वे सही ढंग से बड़े होते जाते हैं।

जिन पौधों पर माली ज़्यादा ध्यान देता है, वे अपने आप दूसरे पौधों से ज़्यादा विकास करते हैं। प्रयोगशाला में इस तरह के प्रयोग करके देखे गए हैं। प्रयोग में कुछ पौधों पर ध्यान दिया गया और कुछ पर ध्यान नहीं दिया गया।

सिर्फ ध्यान देने से पौधों का ज़्यादा विकास हुआ। आप खुद से पूछें कि आप जीवन में किन चीज़ों पर ध्यान केंद्रित करते हैं? जब आपको यह रहस्य समझ में आएगा तब आप क्या करेंगे? खुद के लिए यह भी तय करें कि आप जीवन में क्या चाहते हैं? आप जो चीज़ चाहते हैं, उस पर ध्यान देना शुरू करें। अगर आप खुद का स्वास्थ्य बढ़ाना चाहते हैं तो स्वास्थ्य पर ध्यान देना शुरू करें। ऐसा करने से अपने आप आपका स्वास्थ्य बढ़ने लगेगा। उसी तरह पैसों पर सही तरीके से ध्यान देंगे तो पैसे बढ़ने लगते हैं।

यह रहस्य समझ में आने के बाद आप नकारात्मक बातों पर ध्यान देना कम करेंगे। आपके जीवन में ऐसा समय आ जाए कि आपका ध्यान नकारात्मक बातों की तरफ बिलकुल न जाए। अब तक कई बार आप नकारात्मक विचारों पर ही बार-बार चिंतन करते थे कि 'कहीं ऐसा तो नहीं हो जाएगा... वैसा तो नहीं हो जाएगा...' इस तरह आप नकारात्मक विचारों को पानी देते थे। इसकी वजह से आपके जीवन में गलत चीज़ें बढ़ रही थीं। वास्तव में आपका ध्यान नकारात्मक बातों पर नहीं होना चाहिए मगर मन की आदत है कि वह नकारात्मक बातों पर ज़्यादा ध्यान देता है। अगर आपका एक दाँत टूट गया है तो आप जानते हैं, आपकी ज़ुबान दिन में कई बार उधर ही जाएगी। मुँह में जो बाकी इकत्तीस दाँत हैं, उन पर कभी भी ज़ुबान का ध्यान नहीं जाता। हकीकत में होना यह चाहिए कि जो उपलब्ध है, जिसे हमें बढ़ाना है उस पर ध्यान जाना चाहिए।

आपके पास घर, गुण, अच्छे दोस्त, रिश्तेदार हैं। आपके जीवन में जो भी अच्छी बातें उपलब्ध हैं, उन पर जब आप ध्यान देने लगते हैं तब वे चीज़ें आपके जीवन में बढ़ने लगती हैं। इंसान का स्वभाव है कि जीवन में कोई भी चीज़ मिल जाने के बाद वह उसका महत्त्व खो देता है। इंसान मिली हुई वस्तु की कीमत भूल जाता है, वह उसका आनंद लेना छोड़ देता है। इंसान का जन्म मिलना हमारे लिए बहुत बड़ा तोहफा है। हमारी साँस निरंतरता से चल रही है यह हमारे लिए बड़ी सौगात है मगर हमें यह सौगात लगती नहीं है क्योंकि उस तरफ कभी हमारा ध्यान जाता नहीं कि हमारे पास यह अमूल्य चीज़ है। हम ज़िंदा हैं जिसकी वजह से हम आनंद ले सकते हैं। हमें जो शरीर मिला है, शरीर के द्वारा जो आनंद लिया जा सकता है, उसकी इस वक्त हम कल्पना भी नहीं कर सकते।

ज्ञान न होने की वजह से हम गलत चीज़ों में आनंद लेना चाहते हैं। आनंद पाने के लिए कोई इंसान शराब पीता है, जुआ खेलता है, रेसकोर्स में जाता है।

कोई कहता है, 'मैं यह चीज़ पा लूँ, वह चीज़ पा लूँ, मेरा प्रमोशन हो जाए, यह हो जाए, वह हो जाए ताकि मुझे आनंद मिले।' उसे पता नहीं है कि असली आनंद हमारे अंदर है और उसे प्राप्त करने का मार्ग ध्यान का ध्यान करने से प्राप्त होता है। ध्यान का ध्यान कहाँ लगाना है, यह रहस्य समझें और सही जगह पर ध्यान लगाएँ।

जब 'ध्यान का ध्यान' कहाँ लगाना है, यह पता चलेगा तब आपको कभी भी आनंद की कमी महसूस नहीं होगी। जो चीज़ आप जीवन में चाहते हैं उसकी कमी आपको कभी भी नहीं होगी। आपको दूसरों पर निर्भर नहीं रहना पड़ेगा। आज आप निर्भर होते हैं कि 'कोई मेरी तारीफ करे... मेरा काम करे... मेरे जन्मदिन पर तोहफा लाकर दे तो मैं खुश हो जाऊँ... कोई और मेरे लिए कुछ करेगा तो मैं खुश हो जाऊँगा...।' मगर क्या ऐसा हो सकता है कि 'मेरा आनंद मेरे अंदर ही है मैं जितना चाहूँ, जब चाहूँ तब ले पाऊँ!' क्या ऐसा कोई इंसान आपको मिलता है जो आपको कहे कि 'मैं खुश हूँ, कारण मैं ज़िंदा हूँ। खुश होने के लिए मेरा होना ही काफी है। मेरा होना ही आनंद का कारण है।'

विकास पर ध्यान दें

जीवन की पहली अति को समझने के लिए आपको अपने तेज विकास पर ध्यान देना है। आपने आज तक इन्हीं बातों में ध्यान लगाया है कि 'नफा क्या होगा? नुकसान क्या होगा?' जैसे कोई इंसान जब सत्संग में जाता है तब यही सोचता है कि 'मैं दो घंटे के लिए दुकान छोड़कर जा रहा हूँ तो मेरा नफा क्या होगा? सिर्फ नुकसान ही होगा कि दो ग्राहक चले जाएँगे।' आप खुद के लिए यह सोचें कि आपका ध्यान किस तरफ ज़्यादा है। हमारे जीवन में अब नफा-नुकसान से ऊपर उठते हुए विकास करने का समय आया है। जीवनभर अगर आप नफा और नुकसान के बारे में ही सोचते रहेंगे तो विश्व में जिस उद्देश्य से आए हैं वह कभी पूरा नहीं होगा। अपने लिए यह ठान लें कि जो लक्ष्य लेकर हम इस जीवन में आए हैं वे बातें ही अब हमारे जीवन में हों। जब आपका ध्यान आपके विकास पर केंद्रित हो जाएगा तब आपको पता चलेगा कि आपका तेज विकास होने लगा है। आपको जीवन में यह रूपांतरण लाना है, थोड़ा सा ध्यान का स्थान बदलना है।

जीवन की पहली अति का पहला पहलू - भूतकाल

आपको भूत पर ध्यान नहीं देना है क्योंकि 'जिस चीज़ पर आप ध्यान देंगे, वह आप बन जाएँगे।' आप भूतकाल पर ध्यान देंगे तो भूतकाल के विचारों में

जीनेवाले बन जाएँगे। इसलिए सदा वर्तमान में रहना सीखें। वर्तमान में जो सत्य है, अगर उस पर ध्यान देंगे तो सत्य बन जाएँगे। यह सब पता चलने के बावजूद भी कुछ लोग माया में, धोखे में, भ्रम (मिराज) में उलझ जाते हैं।

कई लोगों को तो मरते वक्त पता चलता है कि उन्होंने जीवन जीया ही नहीं। लोग कल्लू (कल में रहनेवाला) बनकर पूरा जीवन बिता देते हैं। जहाँ रहना चाहिए था, वहाँ रहते ही नहीं। वास्तव में असली जीवन तो वर्तमान में है। ऑक्सीजन वर्तमान में है मगर आप भूतकाल से ऑक्सीजन चाहते हैं और लंबी साँसें लेते हैं, जिससे आपको हार्ट अटैक (हेट अटैक) होता है। भूतकाल की घटनाएँ नफरत, अपराध बोध जगाती हैं जैसे, 'मेरे साथ ऐसा क्यों हुआ? उसने ऐसा क्यों किया? मैंने बेहोशी में ऐसा क्यों किया?' आपको भूतकाल और भविष्यकाल दोनों से मुक्त होना है। इसके साथ ही अपराध बोध और नफरत से भी आपको मुक्त होना है।

जीवन की पहली अति का दूसरा पहलू - भविष्यकाल

इंसान अपने दु:खों का उपाय भविष्य में ढूँढ़ता है। उसे इस बात का ज्ञान नहीं कि सुंदर भविष्य का निर्माण वर्तमान में हो सकता है। कुछ लोग शेखचिल्ली की तरह भविष्य की कल्पनाओं में लोटपोट लगाते रहते हैं। जिससे उनके वर्तमान का समय निकल जाता है। जिस काम को आज करना था वह छूट जाता है। इस तरह ये लोग बड़ी मुसीबत, निराशा और तनाव में फँस जाते हैं।

विद्यार्थी वर्तमान में पढ़ाई न करने की वजह से परीक्षा के दिनों में भारी तनाव का सामना करते हैं। इस तनाव से कुछ विद्यार्थी अपनी शरीरहत्या (सूइसाइड) तक करते हुए देखे गए हैं।

एक कर्मचारी वर्तमान क्षण को काम न करते हुए तथा कानाफूसी, चुगली, निंदा करते हुए गँवा देता है। इस तरह वह अपने भविष्य का दुश्मन बन बैठता है। जो कर्मचारी वर्तमान के क्षणों में अच्छा कार्य कर दिखलाते हैं, वे अपने कार्यालय (ऑफिस) में तरक्की पाते हैं।

वर्तमान की खुली खिड़की

भूत और भविष्य के बीच आता है 'वर्तमान'। वर्तमान में ही हमारे भविष्य की चाभी होती है। इंसान से यह गलती होती है कि वह भविष्य के ताले की

चाभी भविष्य में ही खोजता है यानी वह भविष्य में विचारों की कलाबाज़ियाँ लगाता रहता है। वर्तमान को छोड़कर, वह भविष्य की चाभी को यहाँ-वहाँ टटोलता रहता है। अगर इंसान को पता चल जाए कि भविष्य की चाभी वर्तमान में ही मिलती है तो उसके सामने ध्यान का रहस्य खुल जाएगा।

ध्यान का रहस्य जानने के बाद हमारा जीवन नया, तेज, ताजा बनेगा। जब भी नया साल आता है तो लोगों को बहुत जोश आता है। कई लोग प्रतिज्ञाएँ लेते हैं कि नए साल से हम यह करेंगे... वह करेंगे और बड़े जोश में शुरुआत होती है मगर कुछ ही दिनों के बाद वे ढीले पड़ जाते हैं। वे वर्तमान दिवस को नया साल नहीं समझते। 'हर दिन नया साल है। हर दिन हमारी बची हुई ज़िंदगी का पहला दिन है', इस सोच के साथ वर्तमान में जीएँ।

लोग नए साल में सारे नए काम एक दिन में करने की कोशिश करते हैं। इस तरह किए गए काम कुछ दिन तक ही चलते हैं और वे फिर नए साल (भविष्य) का इंतज़ार करना शुरू करते हैं।

वर्तमान को स्वीकार करने की चाभी इस्तेमाल करें, समस्याओं से न घबराएँ। हर दिन स्वीकार की शक्ति का परीक्षण करें। अपने धैर्य का भी परीक्षण करें। हर घटना में स्वीकार भाव से कार्य करें।

वर्तमान का ध्यान ऐसी खिड़की है, जो खुल जाने पर ऑक्सीजन देती है, जिसके ऊपर 'अकल' लिखा है। अकल यानी जहाँ कल नहीं (अ-कल) है। वैसे कल जो बीत गया और कल जो आएगा दोनों कल-कल से मुक्ति, वर्तमान की खिड़की यानी अकल की खिड़की है। उसी खिड़की पर भविष्य की चाभी टँगी हुई है। वर्तमान में यदि आप यह विचार करेंगे कि आज क्या गलत किया, भूतकाल की गलती से क्या सीखा तो इससे भूतकाल का इस्तेमाल होगा, आपकी गलती में सुधार होगा, आपका भविष्य सुधरेगा, उज्ज्वल बनेगा। भविष्य और भूतकाल का इस्तेमाल वर्तमान में ही होता है। वर्तमान में अगर सही काम हुआ तो ही भविष्य में सुधार होगा।

भविष्य को सुधारने के लिए अगर आज की गलती पर सोच पाएँगे कि क्या गलत हुआ तो उस गलती से आपने सीखा। भूतकाल का इस्तेमाल करके उसे फेंक देना है, जैसे पेन की रीफिल खत्म हो जाने पर फेंक देते हैं। कुछ ऐसे पेन होते हैं, जिनकी रीफिल खत्म होने के बाद उनमें दूसरी रीफिल नहीं डाल सकते।

वे पेन काम के नहीं रहते। ऐसे पेन फेंक दिए जाते हैं। भूतकाल भी इसी तरह है, जिसका इस्तेमाल करके उसे फेंक देना है क्योंकि इस्तेमाल के बाद अब वह काम का नहीं रहा। बीते हुए कल की गलतियाँ जानकर उसमें सुधार करके, उस कल पर कफन ओढ़ा दें क्योंकि भूतकाल बुरा नहीं है बल्कि भूतकाल मर चुका है (Past is not BAD, but Past is DEAD.)

वर्तमान ज़िंदा है, बाकी सब राख है

हमें वर्तमान के क्षण में काले दिन और सफेद रात से मुक्ति मिले। काला दिन यानी काली राख। काली राख यानी भूतकाल की मरी हुई दुःखद यादें। सफेद रात यानी सफेद राख। सफेद राख यानी भूतकाल की मरी हुई सुखद यादें। दोनों यादें राख हैं। काली राख से हर एक मुक्त होना चाहता है लेकिन सफेद राख प्यारी लगती है। सफेद राख भी हमारे वर्तमान को बिगाड़ती है। वर्तमान में आए हुए सुख में हम पुराना सुख भोगने लगते हैं। जैसे 'पिछले साल दीवाली ज़्यादा अच्छी थी, पिछले साल की छुट्टियों में ज़्यादा आनंद लिया, इस साल तो इतना मज़ा नहीं आ रहा है, जब हम छोटे थे तब ज़्यादा खुशी थी इत्यादि।' इस तरह के विचार रखकर हम वर्तमान की खुशी को भी दूषित कर देते हैं।

भूतकाल की खिड़की के सामने खड़े होने से, दुःखद यादें (काली राख) इंसान में अपराध बोध, आँसू, पश्चाताप लाती हैं। राख कोई भी हो, राख राख है। राख में केवल हड्डियाँ हैं, कोई ज़िंदा चीज़ नहीं है, कोई अंगार नहीं है, कोई चैतन्य नहीं है। वर्तमान जिंदा है, अभी है, यहीं है और चैतन्य है। इसमें जीना सीखें।

वर्तमान में जीने से हमारी बेहोशी (मशीनियत) टूटती है। मशीनी जीवन न जीते हुए हम नए बनकर वर्तमान में जीएँ। इस नए जीवन में नए निर्णय, नई कला, नए कार्य, नई आदतें, नई दिनचर्या, नई पुस्तकें, नए मित्रों, नए विचारों को प्रवेश दें। यह प्रवेश वर्तमान की खिड़की से ही हो सकता है क्योंकि वर्तमान ही सत्य है। वर्तमान में जागृत होना ध्यान है।

2
ध्यान का असली अर्थ
अपना गुण पहचानें

१. ध्यान देना (अटेन्शन) ध्यान नहीं है।
२. ध्यान 'एकाग्रता (concentration)' नहीं है।
३. ध्यान 'मनन (contemplation)' नहीं है।
४. ध्यान 'विधियाँ' नहीं है।
५. ध्यान हमसे अलग नहीं है।

'ध्यान' यह शब्द अध्यात्म से आया है। भारत में आध्यात्मिक खोज करनेवालों ने ध्यान की गहराइयों को जाना परंतु आज इस शब्द का इस्तेमाल बहुत ही साधारण (औसत दर्जे का) हो गया है। जैसे कोई कहे कि 'इधर ध्यान दें...', 'बच्चों की ओर ध्यान दें...', 'ध्यान से सुनें...', 'ध्यान लगाकर पढ़ें'... इत्यादि। इस तरह साधारण बोलचाल में इस्तेमाल करने की वजह से इसका मूल्य खो गया है। जिस कारण लोग 'ध्यान (अटेन्शन)' देने को ही ध्यान मानकर बैठ गए हैं।

ध्यान गुण है

हकीकत में ध्यान उस साक्षी का गुण है, जिसे लोगों ने अलग-अलग नाम दिए हैं– ईश्वर, अल्लाह, स्वसाक्षी, सेल्फ, स्वअनुभव। ध्यान वह स्रोत (source) है, जो गहरी नींद में भी जागृत है, बेहोशी में भी होश में है इसलिए सुबह उठकर हम यह कह पाते हैं कि 'रात मैंने अच्छी नींद ली।'

ध्यान रास्ता है, स्वध्यान मंज़िल है

ध्यान की शुरुआत करने एवं एकाग्रता बढ़ाने के लिए जो विधियाँ बनी हैं, उन्हें 'ध्यान' यह नाम दे सकते हैं। यह 'ध्यान', 'स्वध्यान' की मंज़िल तक पहुँचाने के लिए एक रास्ता है। स्वध्यान यानी 'स्व' का ध्यान, जो ध्यान का मूल लक्ष्य है, न कि केवल एकाग्रता बढ़ाना। एकाग्रता ध्यान के मार्ग की सीढ़ी है। ध्यान की वजह से एकाग्रता बढ़ती है परंतु कोई एकाग्रता बढ़ाने के लिए ही केवल ध्यान कर रहा है तो वह बहुत कम फायदा ले रहा है। कई बार ऐसा होता है कि कोई ध्यान मार्ग अपनाता है 'आत्मसाक्षात्कार' पाने के लिए लेकिन वह एकाग्रता से ही आनंदित होने लगता है। लाभ को ही लक्ष्य मान लेता है।

ध्यान का असली अर्थ

ध्यान का सरल अर्थ है 'कुछ नहीं करना' परंतु कुछ लोगों के लिए 'कुछ न करना' भी बहुत कठिन हो जाता है। कैसे कुछ भी न करे? जैसे कोई कहे कि 'नींद आने के लिए क्या करना चाहिए, जिससे नींद जल्दी आए?' तो उसे यही बताया जाएगा कि 'नींद आने के लिए कुछ नहीं करना है, सिर्फ जाकर लेट जाएँ। नींद लाने की कोशिश करेंगे तो नींद भाग जाएगी वरना नींद बिना कोशिश किए आसानी से आ सकती है।' उसी तरह ध्यान भी एक कार्यरीति (process) है, जिसमें कुछ करने की ज़रूरत नहीं, मात्र उपस्थित होना है।

ध्यान को यौगिक अभ्यास भी कहा जाता है। जीवन के हर क्षेत्र में ध्यान होता ही है। कोई भी कार्य बिना ध्यान के नहीं हो सकता। जीवन की समस्त क्रियाओं के लिए ध्यान अनिवार्य है। ध्यान से शरीर को 'क्रिया की तरंग' (vibration) मिलती है। क्रियाओं के उपकरण हैं हमारे शरीर की पाँच इंद्रियाँ। (आँख, कान, नाक, ज़ुबान और त्वचा)।

आँख का आकार इंद्रिय नहीं है, आँख के देखने की शक्ति इंद्रिय है। हमारी सभी इंद्रियों का असर हमारे शरीर पर होता है। साधारणतः जब भी इंद्रियाँ बाहर देखती हैं, बाहर की वस्तुओं में होती हैं तब हमारे मन की पूरी शक्ति बाहर के विषयों में खत्म हो जाती है। इसलिए ज़रूरी है कि इंद्रियों पर हमारा नियंत्रण हो, जो ध्यान द्वारा संभव है।

जो ऊर्जा बाहर के जगत में खत्म हो रही है, उसका कुछ हिस्सा अपने लिए इस्तेमाल करने के लिए 'ध्यान' आवश्यक है। मन को बाहर के विषयों से हटाकर, अंदर स्थिर करना ही ध्यान है।

3
ध्यान में विकास का असली अर्थ
ध्यान से आप क्या चाहते हैं

ध्यान में सफलता की मान्यता

लोगों की मान्यता होती है कि यदि ध्यान में शरीर का एहसास गायब नहीं हुआ तो ध्यान सफल नहीं हुआ। परंतु यह केवल एक मान्यता है। यह मान्यता यदि आपके ध्यान में बाधक बन रही है तो इसे तुरंत मिटाना आवश्यक है।

जब भी आप ध्यान के लिए बैठें तो खुद को पहले ही बताएँ कि 'इस बार ध्यान के दौरान शरीर का एहसास गायब नहीं होगा तो परेशान नहीं होना है।' ऐसा कहने से आप सहजता से ध्यान कर पाएँगे। ध्यान में शरीर का एहसास भले ही गायब न हो, इस बात से कोई फर्क नहीं पड़ता क्योंकि इसके बावजूद भी सेल्फ अपना अनुभव कर ही रहा है। शरीर का एहसास और सेल्फ का एहसास दोनों एक साथ चलते हैं इसलिए इंसान इन दोनों में फर्क समझ नहीं पाता क्योंकि उसे इसका अभ्यास नहीं है।

इसे एक उदाहरण से समझें। यदि आपसे कहा जाए कि 'दो गाने एक साथ चलाए जाएँगे मगर आपको केवल एक ही गाना पूरा सुनना है। दोनों गानों को मिश्रित न होने दें।' तो शुरुआत में यह आपको बहुत मुश्किल लगेगा क्योंकि आपका ध्यान थोड़ा एक गाने पर जाएगा और थोड़ा दूसरे गाने पर। लेकिन जब आप मन एकाग्रित करेंगे तो यह भी आसान लगने लगेगा। ठीक इसी तरह सेल्फ का अनुभव और शरीर का अनुभव एक साथ चल रहा है। आपको लगातार यह सहज कोशिश करनी है कि आप सेल्फ का अनुभव कर पाएँ।

शरीर का एहसास गायब होना तो बोनस है, यह आपका लक्ष्य नहीं है।

लोग इसी में उलझ जाते हैं। हर रात नींद में भी इस शरीर का एहसास गायब होता ही है लेकिन इस बात से आप सुबह उठकर खुश नहीं होते। कहने का अर्थ यह है कि यदि समझ नहीं बढ़ी तो शरीर का एहसास गायब होने का भी कोई फायदा नहीं होता। दुनिया में लोग ऐसे कई अनुभव प्राप्त कर लेते हैं मगर अंदर से वे वैसे के वैसे ही रहते हैं, उनमें कोई फर्क नहीं आता। उलटा उनका अहंकार और बढ़ जाता है। इसलिए ध्यान के लक्ष्य पर गौर करें, न कि शरीर के एहसास पर।

ध्यान से सही चाहत रखें

ध्यान करने से पहले आप स्वयं से पूछें कि 'आप कितनी गहराई में ध्यान के साथ जाना चाहते हैं? ध्यान से कौन सी बात हासिल करना चाहते हैं? क्योंकि ध्यान करने से जीवन के हर क्षेत्र में उन्नति हो सकती है।

अगर आप आत्मशक्ति पर काम कर रहे हैं तो ध्यान आपकी सहायता कर सकता है। ध्यान से आप अपने निर्णय समय पर ले पाते हैं और पूरे कर पाते हैं। निर्णय लेने में देरी होने का कारण है विचारों से चिपकाव होना।

ध्यान आपको विचारों से अलग (detach) होने का एहसास दिलाता है। विचार ही बाधा बन जाते हैं, जो आपके और निर्णय के बीच आते हैं या निर्णय से आपको दूर रखते हैं। ध्यान में आप विचारों से अलग होकर सोच पाते हैं, सूक्ष्म विचार भी पकड़ पाते हैं यानी आपकी संवेदनशीलता बढ़ जाती है और विचारों से बिना चिपके आप निर्णय ले पाते हैं।

ध्यान से शारीरिक लाभ भी होते हैं। हर डॉक्टर रोगी को दवाइयों के साथ आराम करने की सलाह देता है। कारण 'आराम' वह दवा है, जो हर रोग के इलाज में सहायक है लेकिन लोग आराम करना कहाँ जानते हैं? इसलिए ध्यान हर बीमारी को मिटाने के लिए मददगार (कारगर) है। ध्यान के अभ्यास से अस्थमा, उच्च या निम्न रक्तचाप (Blood Pressure), लकवा इत्यादि बीमारियों में भी लाभ होते देखा गया है।

ध्यान से निश्चित रूप से इंसान की क्षमता बढ़ती है। इसके कई कारण हैं, जैसे कि शरीर जितना ज़्यादा विश्रांति (Relax) में जा सकता है, उतना ही उसकी श्रम करने की क्षमता बढ़ सकती है। जितना ज़्यादा श्रम करेगा, उतना ही वह सक्षम होगा। शांत मन नई दिशा में सोच सकता है। सृजनात्मक मन (Creative Mind) की क्षमता ज़्यादा होती है और शांत मन ही सृजनात्मक हो सकता है

इसलिए ध्यान विधि में शिथिल मन का इतना महत्त्व है। शिथिल मन शारीरिक स्वास्थ्य के लिए भी लाभकारी है।

ध्यान में चित्त एकाग्रित होता है। एकाग्र चित्त किसी भी चीज़ की गहराई तक पहुँच सकता है। बाहर के जगत में भी किसी वस्तु को प्राप्त करना हो तो मन की एकाग्रता अनिवार्य है। पढ़ने के लिए भी चित्त की एकाग्रता सहायक होती है। एकाग्रता से स्मरणशक्ति बढ़ती है, मन का भटकना कम होता है। (मन का भटकना यानी अनुपस्थित मन Absent-mindedness)।

एकाग्रता से होश (Awareness) जगेगा और होश के कारण बुद्धि तीव्र (Sharp brain) होगी। जिससे बाहर के जगत में सफलता पाना अत्यंत सरल होगा। ध्यान से इस तरह के कई लाभ संभव हैं।

क्षमता बढ़ने का वैज्ञानिक कारण : मन की यह आदत है कि वह बाहर के जगत में ही उलझकर स्वयं को थका देता है। अल्प ऊर्जा की वजह से वह जल्द ही थक जाता है । ध्यान इस थकावट को रोकता है। दरअसल मन की भी अपनी शक्तियाँ हैं। मन अपने आपमें बहुत बड़ा अजूबा (आश्चर्य) है। ध्यान मन की उन शक्तियों को जगाने का मार्ग है।

ध्यान का असली लक्ष्य और बाधाएँ

ध्यान का असली लक्ष्य है, 'मैं कौन हूँ' यह जानना। जानना है उसे जो शरीर, मन, बुद्धि के परे है... जो अपने होने का एहसास है (आहा!)... जो चेतना (Consciousness) है... जो 'असली मैं' है... जो असीम (Unlimited) है... जो व्यक्तिगत अहंकार (Personal ego) से परे है... जो 'अस्तित्त्वगत मैं' (Universal "I") है... और जहाँ सभी 'एक' होने (Oneness) का अनुभव है।

मानव जीवन का लक्ष्य है खिलना, खुलना और खेलना यानी जो आपकी संभावना है, उसे खोलना, जो ध्यान द्वारा पाया जा सकता है। एक इंसान की पूर्ण संभावना है – वह पूरी तरह से खिलेगा, खुलेगा और खिलकर खेलेगा। खिलेगा यानी ईश्वर की पृथ्वी पर जो लीला चल रही है, उसे जब वह खेलेगा तब उसका लक्ष्य पूर्ण होगा। पृथ्वी का हर जीव उसी रास्ते पर चल पड़ा है। बगीचे का हर फूल खिल रहा है। यह दूसरी बात है कि पूरा खिलने से पहले कोई फूल टूट जाता है, कोई तेज हवाओं में गिर जाता है, कोई बच्चा उसे तोड़ देता है, कुछ में कीड़े लग जाते हैं, कुछ फूल रोग लग जाने से खराब हो जाते हैं मगर हर फूल का लक्ष्य पूरा

खिलना है, उसके अंदर की सुगंध हवाओं के माध्यम से हर एक तक पहुँचाना है।

जीवन में पूर्ण खिलने और इस लक्ष्य को प्राप्त करने के लिए, हम देखें कि हमारे आजू-बाजू में ऐसी कौन सी व्यवस्था है, जिसका फायदा लेकर हम जल्द से जल्द यह लक्ष्य प्राप्त करें। यह मानव जीवन का लक्ष्य है। जो स्पष्ट न होने की वजह से इस पर हम काम करते ही नहीं हैं। अगर यह स्पष्ट हो गया तो 'हमारा ध्यान' शुरू हो जाएगा। फिर हमारे विकास के मार्ग पर आनेवाले किसी मौके को हम नहीं खोएँगे।

लक्ष्य की तरफ बढ़ने के लिए इंसान को पाँच चीज़ें रोकती हैं – 1) अज्ञान, 2) बेहोशी, 3) कुसंग (गलत संगत), 4) इसी जन्म में किए हुए गलत कर्म (गलतियाँ) और 5) गलत वृत्तियाँ (टेन्डेंसीज़)।

वृत्तियाँ यानी ऐसे पैटर्न जो हमारे शरीर में बैठ गए हैं, जिनकी वजह से बेहोशी में काम चलते रहते हैं। उदाहरणतः सामनेवाले ने ऐसी गाली दी है तो हम भी वैसी गाली दे देते हैं, कारण हमारे अंदर वैसी प्रोग्रॉमिंग हो गई है। हमें पता ही नहीं चलता, कब यह वृत्ति बन चुकी है।

लक्ष्य की ओर बढ़ने के लिए पाँच बातें सहायक हैं – 1) अपनी पूछताछ ईमानदारी के साथ (सेल्फ इनक्वायरी), 2) मनन, (कंटेम्प्लेशन) 3) विवेक को जागृत करना 4) सत्य की राह पर चलनेवाले लोगों का संग और 5) सत्य श्रवण। आइए, इन पाँचों सहायकों को समझें।

अपनी पूछताछ करते रहने से आप स्वयं को जानने लगते हैं कि 'मैं कौन हूँ? किसे बुरा लगा? किसे अच्छा लगा? जो भी हुआ वह किसके साथ हुआ?'

लक्ष्य पर मनन करने से आपमें दृढ़ विश्वास का निर्माण होता है। जिससे आप लक्ष्य की ओर निसंकोच बढ़ पाते हैं।

जब विवेक जाग्रत होता है तब आप आसानी से सत्य और असत्य के बीच फर्क कर पाते हैं। इससे आप सही मार्ग पर अग्रसर हो पाते हैं।

सत्य पर चलनेवालों के साथ चलने से आप आसानी से अपने लक्ष्य तक पहुँच पाते हैं। ऐसे संग में सभी सत्य की राह पर चल रहे होते हैं और सभी की चेतना का स्तर उच्च होता है।

सत्य श्रवण करना यानी सत्संग में जाना, जहाँ पर सत्य की बातें होती हैं।

जहाँ पर आप जो हैं, यह पता चलता है। असली सत्संग, अंतिम सत्संग, इसमें आपकी मदद करता है।

ध्यान की सही दिशा

ध्यान में आप सही दिशा में जा रहे हैं या नहीं, यह जानने के लिए जो लोग निरंतरता से कई महीनों से ध्यान कर रहे हैं, वे स्वयं से पूछें कि 'ध्यान करने से मेरे अंदर क्या बदलाव आए हैं? क्या मेरी वृत्तियाँ टूट रही हैं? क्या मेरे निर्णय अव्यक्तिगत हो रहे हैं?' यदि इन सवालों का जवाब 'हाँ' है तो समझ जाएँ कि आप सही दिशा में जा रहे हैं। आपके ध्यान में गति आ रही है।

यदि ध्यान से आपका तमोगुण या वृत्तियाँ बढ़ रही हैं, मन तथाकथित ज्ञानी (दिखावा करनेवाला) बन रहा है, अहंकार बढ़ रहा है, सुख-सुविधाएँ आपको ज़्यादा प्यारी लग रही हैं तो समझ जाएँ कि आपको ध्यान के प्रशिक्षण की आवश्यकता है।

आपके निर्णय ही बताते हैं कि आप सही दिशा में जा रहे हैं या नहीं। स्वयं को जाँचें कि आपके निर्णय अव्यक्तिगत हैं या व्यक्तिगत? आपको समझ में आ जाएगा कि आपकी दिशा सही है या नहीं।

आपकी दिशा सही होगी तो आपको दूसरों में गुण दिखाई देने लगेंगे। आप जिस चीज़ पर ध्यान देते हैं, वैसे ही बन जाते हैं। जब आप सामनेवाले में गुणों के बजाय अवगुण को देखते हैं, तब आपके अंदर भी वे ही अवगुण आने लगते हैं। जब सही ध्यान करने की कला आपको मिल जाती है तब आप सामनेवाले में भी वही देखते हैं, जो आपको चाहिए। बस आप यह तय कर लें कि आपको क्या चाहिए, गुण या अवगुण।

जैसे जब आप किसी पार्टी में जाते हैं और वहाँ सभी थाली में खाना परोसकर अपना-अपना स्थान ग्रहण करते हैं। यदि आप उस पार्टी में थोड़ी देर से आए हैं और लोगों को थाली लेकर जाते हुए देख रहे हैं तो उनकी थाली में देखकर आपको पता चलता है कि पार्टी में कौन-कौन से पकवान हैं। यदि आपको थाली में परोसे हुए पकवानों को गौर से देखने के लिए कहा जाए तो आप कौन से पकवानों की तरफ देखेंगे? जो पकवान आपको पसंद हैं या वे जो आपको पसंद नहीं हैं? ज़ाहिर है कि आपको जो पकवान पसंद हैं और जो आप खाना चाहते हैं, आपका ध्यान उन्हीं की तरफ जाएगा। यदि आप खाने के मामले

में इतने कुशल हैं तो गुणों के मामले में भी आपको इतना ही कुशल बनना है।

हर इंसान में आपको कुछ गुण दिखाई देंगे और कुछ अवगुण मगर आपका ध्यान लोगों के गुणों पर होना चाहिए क्योंकि आप गुणों को ही अपने अंदर लाना चाहते हैं। जिस तरह खाने के मामले में आपका लक्ष्य बिलकुल साफ होता है, उसी तरह गुणों के मामले में भी अपना लक्ष्य साफ रखें। दरअसल ध्यान का पहला कदम ही है, 'मन को साफ और शुद्ध रखना (Clearing and Cleaning The Mind)' ताकि आपका ध्यान वहीं जाए, जो आपको चाहिए।

ध्यान में मौन का महत्त्व

वाणी और विचार के परे की स्थिति है मौन। मौन से ही शब्द निकलते हैं और इसी आंतरिक मौन में विलीन हो जाते हैं। हर शब्दों और विचारों के बीच मौन मौजूद है। मौन रूपी कागज़ पर विचारों के शब्द लिखे जाते हैं। उस मौन को ही पाना स्वयं को पाना है। मौन ही सर्वोत्तम भाषा है।

एकांतता मनुष्य के अंदर ही है। भीड़ में भी अकेले रहने की कला का नाम है 'मौन'। भीड़ में कारोबार करते हुए यदि मनुष्य मन की संपूर्ण शांति कायम रख सके तो वह सचमुच एकांत का ही सेवन करता है। जो जंगल में रहकर भी विचारों की दलदल में है, वह अकेले होते हुए भी एकांतवासी नहीं है। इसके लिए सबसे मुख्य है– समझ (अंडरस्टैण्डिंग), जो आपको एकांत में सहज ले जाएगी। इसके अतिरिक्त ध्यान द्वारा भी एकांतता सहजता से पाई जा सकती है। एकांत यानी एक का भी अंत, जहाँ पर न तुम हो, न मैं, न दो हैं, न एक।

लोगों को लगता है कि ध्यान में विचार नहीं आने चाहिए, मौन ही होना चाहिए परंतु यह एक गलत धारणा है। ध्यान में सब तरह के विचार उठा करते हैं। आपके अंदर जो कुछ विचार छिपे हैं, उन्हें बाहर निकालकर मुक्त होने की विधि है ध्यान। विचार हमें इसलिए सताते हैं क्योंकि हम उनके साथ जुड़ जाते हैं। विचारों को देखनेवाले साक्षी आप हैं, न कि विचार। ध्यान में होनेवाले हर अनुभव को जो जान रहा है, उसे ही जानना 'आत्मसाक्षात्कार' है।

4
ध्यान का मूल लक्ष्य
प्रार्थना और परिवर्तन

आपका ध्यान कहाँ पर है? ध्यान, ध्यान पर कब लौटेगा? संपूर्ण ध्यान (Complete Meditation) कैसे करें? जब ध्यान, ध्यान पर पहुँच जाएगा तब आपका जीवन कैसा होगा? इन सब सवालों पर मनन करें। जब आप अपने आपको पहचानकर जीएँगे तब आपको इस बात से कोई फर्क नहीं पड़ेगा कि लोग बाहर कैसे जी रहे हैं, लोग किस बात को महत्त्व दे रहे हैं। आप वही करेंगे जो आपकी दृढ़ता है, जो आपका विश्वास है। आप अपने आपको जानकर और पहचानकर ही जीएँगे।

ध्यान का स्वाद जीवनभर लें

करोड़ों लोग इस बात की वजह से रुके हुए हैं कि कोई ध्यान शुरू करे तो हम भी शुरू करें। कोई शुरू नहीं करता इसलिए आप भी नहीं करते मगर आपको पता नहीं है कि वे आपके लिए रुके हुए हैं और आप उनके लिए। जब एक फोर्स (दबाव) आता है तब इंसान उस फोर्स की वजह से ध्यान का स्वाद लेता है और स्वाद लेने के बाद वह ज़िंदगीभर उस स्वाद को लेना चाहता है।

आप अलग-अलग तरह की विधियों से समाधि का अनुभव लेना चाहते हैं। कुछ लोग ध्यान करते हैं और कुछ नहीं करते। जो ध्यान करते हैं, वे विकास करते हैं। ध्यान करते हुए परिणाम आना या जवाब आना उतना महत्त्व नहीं रखता। महत्वपूर्ण यह है कि आप ध्यान के ज़रिए मन को एकाग्रित होने और होश का अभ्यास दे रहे हैं। अभ्यास करते-करते मन को एकाग्रता, मनन और प्रार्थना की आदत पड़ जाती है। जो अंतिम लक्ष्य प्राप्त करने के लिए आवश्यक है।

प्रार्थना से पहले

नए साधक को शुरुआत में कोई न कोई प्रार्थना याद करने के लिए दी जाती है। प्रार्थना के भाव ऐसे होने चाहिए कि आप यह महसूस कर पाएँ कि आप हाथ जोड़कर मंदिर में बैठे हैं। ध्यान की गहराई में जाने के लिए इन सभी बातों का महत्त्व है। प्रार्थना से पहले भी एक प्रार्थना की जाती है ताकि आपकी प्रार्थना असरदार हो। प्रार्थना से पहले यह प्रार्थना करें :

'अब मैं जो प्रार्थना करूँगा उस प्रार्थना का उच्चतम असर मेरे शरीर और मन पर होनेवाला है।'

यह प्रार्थना, प्रार्थना करने से पहले की तेज प्रार्थना है। इस तेज प्रार्थना से शुरुआत करें, फिर असली प्रार्थना करें। मन में शुभ इच्छा रखें कि इच्छाओं से जो चिपकाव या लगाव हो जाता है, उससे ईश्वर आपको मुक्त करे। इस तरह आप उस अवस्था में पहुँचते हैं, जहाँ अहंकार विलीन हो जाता है, जहाँ इंसान में प्रज्ञा जगती है, जहाँ अनुभव कर्ता, अनुभव कर्ता का, अनुभव में, अनुभव करता है। वहाँ केवल ध्यान ही बचता है और ध्यानी (ध्यान करनेवाला) खो जाता है। जिसने ध्यान की शुरुआत की थी, जिसने कहा था कि 'मैं ध्यान करूँगा', वह वहाँ खो जाता है। इस यात्रा में अपने आपको और अहंकार को खोकर ही आनंद मिलता है।

आज तक आपने अपने अहंकार को बचाकर ही आनंद पाया था लेकिन आपको ध्यान में जो आनंद मिलता है, वह उससे कई गुना ज़्यादा है। अहंकार का आनंद महाध्यान के सामने कुछ नहीं है। इंसान ने यह प्रयोग नहीं किया था इसलिए उसने हमेशा अहंकार को बचाकर ही आनंद प्राप्त करना चाहा।

मूल लक्ष्य

अहंकार हमेशा चाहता है कि 'जब भी अनुभव हो, आत्मसाक्षात्कार हो, ईश्वर दर्शन हो, उस वक्त मैं भी उपलब्ध रहूँ' मगर उसे यह ज्ञात नहीं है कि यदि वह रहेगा तो अनुभव (दर्शन) नहीं होगा। दोनों में से एक ही रह सकता है। जैसे एक म्यान में दो तलवारें नहीं रह सकतीं, एक संकरी गली से दो लोग नहीं गुज़र सकते, वैसे ही अगर असली प्रेम (तेजप्रेम) की पतली गली है तो उससे भी दो लोग नहीं गुज़र सकते, उस गली से एक को ही गुज़रना होगा। जब आपको यह समझ में आता है तब आपके अहंकार का समर्पण होता है और आप समाधि की अवस्था तक पहुँचते हैं।

कोई इस अवस्था को समाधि कहता है तो कोई दिव्य भक्ति कहता है। ये सभी शब्द सिर्फ ईश्वर की तरफ ले जाने के लिए हैं। हर विधि का अपना लाभ होता है। हर विधि रास्ता होती है यानी वह आपको आगे की ओर भी ले जाती है। ध्यान विधि के साथ-साथ इंसान को कुछ और लाभ भी होते हैं, जिन्हें पारितोषिक (बोनस) कहा जाता है। जैसे-जैसे एकाग्रता बढ़ती है, इंसान के कई सारे काम भी होने लगते हैं। उसका शरीर तैयार होकर अभिव्यक्ति के लिए माध्यम बनता है लेकिन आपका उद्देश्य इन लाभों में उलझना नहीं है। आपको हमेशा अपना मूल लक्ष्य ध्यान में रखना है। आपका लक्ष्य उस अनुभव को प्राप्त करना है जिसे स्वध्यान, स्वसाक्षी, ध्यान का ध्यान, स्वयं का अनुभव या संपूर्ण स्वयंबोध कहा गया है।

हर कदम संपूर्ण ध्यान की ओर बढ़ाएँ

जिन लोगों का चेतना स्तर निम्न है, उनके स्तर को ऊपर उठाने के लिए उन्हें मदद की जाती है यानी जो लोग कुएँ में हैं उनके लिए हेलिकॉप्टर से सीढ़ी (समझ) भेजी जाती है ताकि वे कुएँ में से बाहर आ जाएँ। जैसे ही सीढ़ी हेलिकॉप्टर से उस इंसान के सामने आती है, उस इंसान की गर्दन यानी उसकी चेतना ऊपर उठती है। वरना कुएँ में रहकर उसकी चेतना कभी ऊपर नहीं उठती। उसी चेतना को ऊपर उठाने के लिए सीढ़ी (ज्ञान) द्वारा मदद की जाती है। लेकिन यदि आपने उस सीढ़ी को ही साँप समझ लिया तो आप उसका फायदा कभी नहीं ले पाएँगे। जब आप सीढ़ी को सीढ़ी ही समझेंगे, साँप नहीं तब हर चीज़ आपको मदद करेगी, फिर चाहे वह साँप ही क्यों न हो, वह भी आपके लिए सीढ़ी का काम करेगा। अगर आपको सत्य की पहचान हो गई है तो आप हर चीज़ का पूर्ण लाभ ले पाएँगे वरना सीढ़ी को भी साँप समझते रहेंगे। इस तरह एक-एक कदम आगे बढ़कर आप संपूर्ण ध्यान कर पाएँगे। हर टुकड़े को जोड़कर यह कार्य पूर्ण होगा। इससे पहले आपको 'ध्यान' पूरी तरह से समझना होगा। समझ के साथ यदि आप ध्यान करेंगे तो उसका पूर्ण लाभ ले पाएँगे।

ध्यान करने से आनेवाले परिवर्तन

इंसान ध्यान की दौलत पाकर चुंबक बन जाता है। अपनी इस चुंबकीय शक्ति से वह अपनी तरफ सकारात्मक चीजों को आकर्षित करता है। जबकि नकारात्मक विचारों में उलझा हुआ इंसान पीतल बन जाता है, जो सकारात्मक

चीज़ों को अपने से दूर धकेल देता है तथा दुःख-दर्द एवं तकलीफों को अपनी ओर खींचता रहता है।

ध्यान करने से इंसान के अंदर होश जगने लगता है। ध्यान की रोशनी से वह अपने मन के अंधेरों को देख पाता है। उसके सामने कई सारे राज खुलने लगते हैं, जिनके बारे में वह पहले अनभिज्ञ था। जैसे, 'मेरे अंदर क्या चल क्या रहा है... कौन-कौन से विचार आ रहे हैं... मैं कैसी-कैसी कथाएँ बना रहा हूँ... फलाँ इंसान मेरा ध्यान नहीं रखता, मेरा आदर नहीं करता, मेरे साथ पक्षपात करता है...' इत्यादि।

इंसान अपनी काल्पनिक दुनिया में विहार करता रहता है। अपनी मनगढ़ंत कथाएँ बनाता है परंतु कथा बनाते समय उसे यह बोध नहीं होता कि 'मैं कैसे विचार कर रहा हूँ?'

ध्यान का यही लाभ है कि ध्यान में आप खुद को बता पाते हैं कि 'आपकी क्या कथाएँ बनती हैं?' अगर आप अपने मन को चुप रहना सिखा सकें कि 'तुम्हें पूरी बात पता नहीं है इसलिए अपनी काल्पनिक दुनिया में विचरण करना, कथाएँ बनाना बंद करो।' यदि आप अपने मन से दृढ़तापूर्वक यह बोल पाए तो आपका मन भी चुप होता जाएगा और आपका जीवन आनंदमय बन जाएगा।

ध्यान में विचारों की अनसुलझी गुत्थी सुलझने लगती है क्योंकि वहाँ हमारी बेहोशी टूटती है, हम सजग होने लगते हैं। आइए, एक लघु कथा के द्वारा इसे समझें।

एक इंसान अस्पताल में अपना इलाज करवा रहा था। उसे लीवर, हार्ट, कब्ज़ इत्यादि बीमारियाँ थीं। कुल मिलाकर उसे बारह विभिन्न प्रकार की बीमारियाँ हो गई थीं। वह इलाज के जरिए अपनी दो बीमारियाँ ठीक करवा चुका था। उसकी शेष बची बीमारियों का इलाज चल रहा था। बीमारियों की लंबी सूची में ब्रेन ट्यूमर की बीमारी भी शामिल थी, जिसका ऑपरेशन होने जा रहा था।

उसे बेहोशी का इंजेक्शन दिया गया था और वह ऑपरेशन टेबल पर अपनी सपनों की दुनिया में खोया हुआ था। अचानक जब उस इंजेक्शन का असर खत्म हुआ तो वह अपनी सपनों की दुनिया से बाहर आया और ज़ोर-ज़ोर से हँसने लगा। पास खड़ी उसकी बीवी ने उससे पूछा, 'क्या हुआ? तुम हँस क्यों रहे हो?' तो उसने अपनी बीवी को बताया, 'सपने में मैं बहुत तकलीफ में था, मुझे बारह बीमारियाँ हो गई थीं। मेरी दो बीमारियाँ तो पहले ही ठीक हो गई थीं, मैं बाकी

बची बीमारियों की चिंता कर रहा था परंतु जैसे ही होश आया तो देखा कि मुझे तो केवल एक बीमारी थी। इसका अर्थ है कि मेरी सपने की दस बीमारियाँ स्वतः ही ठीक हो गईं क्योंकि अब मैं पूरी तरह से जाग गया हूँ। उन दस बीमारियों से छुटकारा पाने के लिए मुझे अब किसी ऑपरेशन की ज़रूरत नहीं है।'

कहानी में उस इंसान के साथ ऐसा क्या हुआ था कि वह जाग गया? दरअसल इस उदाहरण का अर्थ यह है कि हम अज्ञानवश अपनी ही बनाई हुई कथाओं, अवधारणाओं-मान्यताओं में फँसकर बेहोशी और दुःखभरा जीवन जीते रहते हैं। इनसे मुक्त होने के लिए जागृति ही एकमात्र उपाय है। जब आप अपने सपने से बाहर आ जाएँगे यानी अपने वास्तविक स्वरूप को जान जाएँगे तब उस क्षण में आपके भाव कैसे होंगे, तब आपको कैसी भावना महसूस होगी? तब आपके मुँह से अनायास ही निकल पड़ेगा 'आऽऽहा!' इसे ही युरेका इफेक्ट कहा गया है।

ध्यान की गहराइयों में उतरकर, आपको अपने होने का अनुभव होगा, 'मैं कौन हूँ' का बोध होगा। जब आप बार-बार अपने आपसे यह सवाल पूछते रहेंगे तब हर घटना, हर विचार के पहले आपके अंदर यही सवाल आएगा।

उदाहरण, यदि आपको डर लग रहा हो तो आप खुद से पूछेंगे कि 'यह डर किसे लग रहा है?' जवाब आएगा, 'मुझे'। फिर आप खुद से पूछेंगे कि 'यह 'मुझे' कौन है? मैं कौन हूँ?' इस प्रकार हर विचार पर प्रश्न उठाने से आप पाएँगे कि डर, दुःख-दर्द-पीड़ा इत्यादि जैसी तकलीफें आपको परेशान करना बंद कर देंगी। चमत्कारिक रूप से ध्यान के मिलनेवाले लाभ तथा तेजलाभ मिलने शुरू हो जाएँगे। अर्थात इनसे होनेवाले लाभों को समझकर इन्हें अपने जीवन का अंग बनाना ही उत्तम होगा।

खण्ड 2
सांसारिक जीवन में ध्यान का महत्त्व

5
माया का तीर, ध्यान की ढाल
ध्यान रखें, काबिल बनें

हर इंसान मायावी संसार में जीवन जीता है। इस संसार में माया के आकर्षण (लालच, डर, वासना, मोह, नफरत) के तीर उसे बार-बार घायल कर देते हैं। इस माया से ध्यान हटाकर स्वयं पर कैसे लाया जाए? इसे एक गाँव की उपमा से समझें कि रोज़मर्रा के जीवन में हमारे साथ क्या होता है और हमें कैसे सजगता रखनी चाहिए।

एक ऐसा गाँव है, जहाँ पर यदि कोई जाए तो उसे पता ही नहीं चलता कि कब किस कोने से कोई तीर आकर लग जाए... कोई भाला आकर टकरा जाए... कोई पत्थर लग जाए या कोई आँखों में धूल फेंककर चला जाए...। सोचें कि यदि आपको ऐसे गाँव में जाकर एक बहुत ज़रूरी काम करना है तो आप वहाँ कैसे जाएँगे? इसके लिए आपको संपूर्ण प्रशिक्षण की आवश्यकता है। उस गाँव में जाने से पहले हर इंसान का इंटरव्यू लिया जाता है। इसके लिए गाँव के मुख्य प्रवेशद्वार पर ही एक इंसान बैठा रहता है, जो इंटरव्यू लेता है और यह तय करता है कि आप उस गाँव में जाने के लिए काबिल हैं या नहीं।

आपको लगेगा कि 'इसमें कौन सी बड़ी बात है। हम बहुत सारे गाँव में गए हैं तो इस गाँव में भी जाकर आएँगे और अपना काम करके वापस आएँगे।' इंटरव्यू लेनेवाला जानता है कि उस गाँव में क्या होता है इसलिए वह पहले देख लेना चाहता है कि 'जो इंसान गाँव में जाने के लिए तैयार हुआ है, वह गाँव से सुरक्षित लौटेगा या ज़ख्मी होकर लौटेगा। यदि वह ज़ख्मी होकर लौटेगा तो उसकी कैसी हालत होगी? उसके कपड़े फटे हुए होंगे और वह खून से लथपथ होगा।'

इंटरव्यू लेनेवाले को आपका ऐसा दृश्य दिखाई दे रहा है। इसलिए वह चाहता है कि गाँव में जाने से पहले ही आपको परख लिया जाए। वह आपको इस इंटरव्यू का महत्त्व भी समझाता है।

तीर लगने से पहले ध्यान मिले

उस गाँव में जाने से पहले आपको ध्यान के प्रशिक्षण की बहुत आवश्यकता है क्योंकि उस गाँव के बारे में आपको बहुत कम जानकारी है। यदि आपका ध्यान प्रशिक्षित नहीं है तो सवाल उठता है कि जब आप उस गाँव में जाएँगे और आपकी तरफ तीर आएगा तो आपका ध्यान तुरंत वहाँ कैसे जाए? वह तीर आपको लगे, इसके पहले ही आपको क्या करना चाहिए? ऐसे में सबसे पहले आपको स्वयं में सजगता लानी होगी। जब तीर छूटता है तो एक विशेष आवाज़ होती है, आपको उस आवाज़ को पकड़ने के लिए ध्यान के प्रशिक्षण की आवश्यकता है। यदि ध्यान नहीं होगा तो उस आवाज़ को पकड़ना मुश्किल हो जाएगा और वह आपसे छूट जाएगी। नतीजन वह तीर आपको चुभ जाएगा। बाद में आप पछताएँगे कि 'अगर मैं ज़्यादा सजग होता तो अच्छा होता।' इसमें तीर सामनेवाले के बुरे शब्दों का प्रतीक है।

यह गाँव कोई और गाँव नहीं बल्कि माया की दुनिया है। इस दुनिया में इंसान यदि सजग नहीं रहता तो माया के तीरों यानी विचारों और वृत्तियों से उसकी हालत बहुत खराब हो जाती है। इसलिए माया में जाने से पहले ध्यान के प्रशिक्षण को महत्त्व दिया गया है।

सजगता है तो ध्यान, ध्यान पर रहता है

ध्यान द्वारा आपकी सजगता बढ़ती है। ध्यान आपको संवेदनशील बनाता है। यदि आपको दुःख का विचार आए तो समझ जाएँ कि माया का तीर आपकी तरफ आ रहा है। यदि आप उसी वक्त सजग हो गए तो आप उस तीर से बच जाते हैं वरना दुःख का तीर बहुत गहरा घाव करके जाता है।

यदि सामनेवाले ने आपको गाली दी और आपने उसे पलटकर दस गालियाँ दे दीं तो समझ जाएँ कि माया का तीर आपको चुभ गया है और आप घायल हो गए। लोगों को बाद में याद आता है कि 'अरे, मुझे तो सजग रहना चाहिए था, मुझे ऐसा नहीं करना चाहिए था।'

माया की दुनिया में ऐसे कई तीर हैं, जिनसे इंसान आंतरिक तौर पर घायल हो जाता है। आवश्यकता है केवल ध्यान के प्रशिक्षण की। इंसान को अगर ध्यान का प्रशिक्षण नहीं मिला है, अगर वह सही समय पर सही जगह ध्यान नहीं लगा पाता तो उसे कहा जाता है कि आपका माया के गाँव में न जाना ही आपके लिए ज़्यादा सही है। गाँव में जाने की यह पहली शर्त पूर्ण करें। अगर इंसान समझदार होगा और उसे विश्वास होगा तो वह कहेगा कि 'अगर ऐसा ही गाँव है, किसी भी तरफ से कोई भी घाव लग सकता है तो हम तैयार होकर ही जाएँगे।'

ध्यान ऐसा तीर है जो हर दिशा में जाता है

ध्यान एक तीर है। बाहर के तीर की धार एक तरफ होती है मगर ध्यान ऐसा तीर है, जिसके दोनों तरफ बाण (नोक) हैं। आपने ध्यान का तीर चलाया तो वह आगे और पीछे भी जाता है। ध्यान हर दिशा में जाता है। ध्यान बाहर भी जाता है और अंदर भी इसलिए संसार में रहते हुए भी अपना अनुभव करते रहना संभव है। पहले लगता है कि यह संभव नहीं है। जब ध्यान बाहर गया तो अंदर नहीं है और अंदर गया तो बाहर नहीं है तब यह ध्यान नहीं एकाग्रता है। ध्यान यानी जो लगातार यह भी जान रहा है कि बाहर क्या चल रहा है और उसका अंदर क्या असर हो रहा है। आपके अंदर खटपट होती रहती है। ध्यान अंदर रहता है तो आपको पता चलता है कि 'कहाँ अहंकार को ठेस पहुँच रही है... कब बुरा लग रहा है... हम किसके काम में टाँग अड़ा रहे हैं... कब किसके काम में हम मदद कर रहे हैं... कोई तारीफ करता है तो उसका काम हम ज़्यादा कर रहे हैं... और कोई तारीफ नहीं करता है तो उसका काम हम कम कर रहे हैं...।' यह जानने के बाद आप सोच पाएँगे कि आप ऐसा क्यों कर रहे हैं और जानेंगे कि इसके पीछे क्या मान्यता है। आप यह जान पाएँगे कि आप स्वयं को क्या मान रहे हैं। अपने होने के एहसास पर जाते हुए, आप बाहर भी देख पाते हैं इसलिए ध्यान को तीर कहा गया है, जो दोनों तरफ चलता है।

6
दिशा दें ध्यान को
उच्चतम बिंदू पर ध्यान स्थान

ध्यान किसलिए करना चाहिए? अगर यह लक्ष्य ही किसी को पता न हो तो लोग ध्यान को एकाग्रता मानकर कुछ करते रहते हैं और मान लेते हैं कि हमने ध्यान किया। दरअसल ध्यान का असली अर्थ उन्हें पता ही नहीं होता। ध्यान कहाँ और कब किया जाना चाहिए, इसके लिए इंसान इतना प्रशिक्षित होना चाहिए कि वह खुद-ब-खुद अवस्था और व्यवस्था के हिसाब से उसी जगह पर जाए, जहाँ उसका होना आवश्यक है। ध्यान का कहाँ होना आवश्यक है? ध्यान की दिशा क्या हो? यह किसी ने हमें बताया ही नहीं है। आप लोगों को देखेंगे तो आपको पता चलेगा कि उनकी आँखें कहाँ भटक रही हैं। रास्ते से इंसान जा रहा है मगर उसकी आँखें कहाँ भटक रही हैं... सामने टी.वी. चल रही है, चैनल भी बदले जा रहे हैं मगर इंसान के कान कहाँ भटक रहे हैं... खाने की खुशबू आ रही है मगर उसकी नाक कहाँ भटक रही है... सुख-सुविधा चाहिए मगर उसकी त्वचा कहाँ भटक रही है...। इसका अर्थ है कि इंसान होता एक जगह है लेकिन उसका ध्यान दूसरी जगह लगा रहता है।

मन कहाँ-कहाँ अटकता है, ध्यान दें

जब ध्यान, ध्यान पर लौटना चाहेगा तब उसके पहले ध्यान कहाँ जा रहा है, इस पर आपका ध्यान जाना चाहिए। आपका ध्यान कहाँ जाता है यह आपको पता चले। कभी ऐसा प्रयोग करके देखें कि रास्ते से गुज़रते वक्त अपने आपसे पूछें, 'तुम्हारा ध्यान कहाँ पर है?' इससे आपको पता चलेगा कि आपका ध्यान खुद-ब-खुद कहाँ जा रहा है, बिना आपसे पूछे कहाँ भटक रहा है? कुछ

बातों पर आपका ध्यान अटक रहा है, कुछ बातों से टकराकर चिपक रहा है और कहीं से छिटक रहा है। जैसे किसी फिल्म के पोस्टर को देखकर आपका ध्यान उस पर चिपक जाता है। प्रकृति का कोई दृश्य देखकर आपका ध्यान वहाँ चिटक जाता है, किसी रंग पर आपका ध्यान अटक जाता है, कचरा देखा तो छिटक जाता है और मिठाई पर ध्यान फिसल जाता है। इस तरह पहले आप अपने ध्यान पर ध्यान लगाएँ कि वह खुद-ब-खुद कहाँ जा रहा है। यह जानकर आप अपने ध्यान को सही दिशा दे पाएँगे।

अपने ध्यान को थोड़ा सा मोड़ दें तो आपको पता चलेगा कि कुछ ऐसी नई चीज़ें आपके सामने आ रही हैं, जिनसे आप हमेशा महरूम रहे हैं क्योंकि पहले किसी ने आपको बताया नहीं कि ध्यान क्या है और क्या नहीं है। पहले किसी ने आपसे कहा नहीं कि 'पलट तेरा ध्यान किधर है।'

आपका ध्यान पहले से ही कुछ बातों पर प्रशिक्षित हो चुका है। बचपन से ही अतेज ध्यानियों ने यह प्रशिक्षण आपको दिया है। अतेज ध्यानी यानी जिन्हें खुद पता नहीं है कि ध्यान को कहाँ लगाया जाना चाहिए, वे अपने बच्चों को भी वही प्रशिक्षण देते हैं। उदा. माता-पिता खाने को देखकर जो व्यंग करते हैं, बच्चे बड़े होकर वही व्यंग करते हैं। माता-पिता लोगों के कपड़ों को देखकर जो व्यंग करते हैं, बच्चे भी उसी तरह से दूसरों के कपड़ों को देखकर व्यंग करते हैं। उनके मुँह से भी वे ही शब्द निकलते हैं। बड़े होकर वे कभी रुककर मनन नहीं करते कि 'मेरे मुँह से जो शब्द निकल रहे हैं, वे कहाँ से आए हैं।' इस बात पर किसी का ध्यान नहीं जाता।

बच्चा यदि अपने लिए कोई ड्रेस खुद चुनता है तो वह वही ड्रेस क्यों चुनता है, इस पर वह ध्यान नहीं देता। हालाँकि उसे चुनाव करना आता ही नहीं। दूसरे लोग जो चुनाव कर रहे हैं, आप भी वही चुनाव करते हैं। आज आपने कोई ड्रेस खरीदी और कल फैशन बदल गया तो आपको पुरानी ड्रेस पसंद नहीं आती। आप अपनी समझ से कपड़े नहीं पहनते, इस पर आपने कभी ध्यान नहीं दिया है।

लोग जो करते हुए दिखते हैं हम वैसा ही करते हैं। जब आप ऐसा कुछ सुनते हैं कि 'अपनी समझ जगाओ' तब आप होश में आते हैं। लोग यदि व्यायाम करना बंद कर दें तो क्या आप भी बंद कर देंगे? यदि तब आप यह कह पाएँ कि 'लोग व्यायाम करें या न करें, मुझे इससे फर्क नहीं पड़ता क्योंकि मुझे पता है कि व्यायाम (या ध्यान) मेरे लिए आवश्यक है इसलिए मैं व्यायाम

(ध्यान) करूँगा।' तब कहा जा सकता है कि आपने अपनी समझ तैयार की है, आपका विवेक जागृत हो चुका है।

ध्यान का उच्चतम बिंदू

जब इंसान ध्यान में शरीर की सीमा से परे जाता है तब वह स्वयं को जान रहा होता है। ऐसे में उसे अपना अस्तित्त्व पूरे समुंदर की तरह विशाल महसूस होता है। उसे शरीर की सीमा रेखा महसूस नहीं होती बल्कि ऐसा लगता है, जैसे उसका शरीर गायब हो गया है या उसके शरीर के कुछ हिस्से खाली हो गए हैं। उस वक्त आपको वास्तव में समुंदर यानी असीम का ही अनुभव मिल रहा होता है। मगर मन चाहता है कि 'मैं समझूँ कि क्या यह समुंदर का ही अनुभव है?' जैसे ही मन आ जाता है, वैसे ही शरीर की सीमा रेखा महसूस होने लगती है। जब आपको ध्यान में अनुभव होने लगे तब इस समझ के साथ रहना होगा कि 'यह उसी समुंदर का अनुभव है।' समुंदर अपना अनुभव लहर बनकर यानी अलग होकर करता है। बिना लहर के समुंदर होते हुए भी न होने की खबर देता है।

इस पंक्ति को एक दृष्टिकोण से देखेंगे तो लगेगा कि अपना अनुभव करने के लिए ईश्वर को इंसान की ज़रूरत है। इसी को यदि दूसरे दृष्टिकोण से देखेंगे तो पता चलेगा कि ईश्वर अपना अनुभव कर रहा है और व्यक्ति (नकली अहंकार) आज तक कोई अनुभव नहीं कर पाया है। सब कुछ इस पर निर्भर करता है कि आप किस दृष्टिकोण से देख रहे हैं। जब आप 'सेंस ऑफ प्रेजेंस' या 'मैं हूँ' के एहसास में होते हैं तब यह मान्यता नहीं रहती कि 'मैं शरीर हूँ', वहाँ स्वअनुभव की दृढ़ता का एहसास होता है कि 'शरीर की वजह से ही मुझे अपना पता चल रहा है।'

इंसान में 'मैं शरीर हूँ' की मान्यता इतनी गहरी है कि शरीर हमेशा उसके लिए प्राथमिकता में रहता है और स्वअनुभव दूसरे नंबर पर रहता है। धीरे-धीरे जब समझ में आने लगता है कि स्वयं की याद आना यानी सेल्फ रिमेम्बरिंग आवश्यक क्यों है तब स्वअनुभव प्राथमिकता में आने लगता है।

7
ध्यान से स्वध्यान की ओर
विवेक और आत्मसम्मान जागृत करें

ध्यान से अगर हमारा विवेक जागृत न हो तो ध्यान व्यवधान बन जाता है। व्यवधान यानी रुकावट। आज तक लोग जो ध्यान कर रहे हैं, उन्हें लगता है कि वे ध्यान कर रहे हैं मगर हकीकत में वे व्यवधान कर रहे हैं। जब ध्यान का अर्थ ही खो गया तब एक नया शब्द आना आवश्यक है। जो ध्यान, ध्यान माना गया है, हकीकत में वह व्यवधान है। बहुत कम लोग ध्यान करते हैं। ज़्यादातर लोग व्यवधान ही करते हैं। व्यवधान यानी ऐसा ध्यान, जिससे जो बात होनी चाहिए, वह कभी नहीं होती। आप यदि व्यवधान में, सिद्धियों में या फिर ध्यान से मिलनेवाले लाभों में अटक गए तो वह ध्यान नहीं है। अगर आपने ध्यान का उद्देश्य प्राप्त नहीं किया तो वह ध्यान असल में व्यवधान है।

ध्यान का लाभ उठाएँ

ध्यान के नाम पर लोग उछल-कूद करते हैं, आध्यात्मिक मनोरंजन करते हैं या किसी विधि में अटके रहते हैं। ध्यान क्या था? ध्यान कहाँ लगाना चाहिए था? ध्यान को सबसे पहले क्या मिलना चाहिए था? ये सब बातें जब हम समझेंगे तब पता चलेगा कि ध्यान कितना बड़ा काम कर सकता है। अगर ध्यान को ध्यान मिल गया और बार-बार यह याद आने लगा कि 'पलट तेरा ध्यान किधर है?' तो हम ध्यान का भरपूर लाभ उठा सकते हैं।

ध्यान संवेदनशील बनाता है

माया के संसार में रहकर जब लोग सत्संग में आते हैं तब पहले से

ही ज़ख्मी होकर आते हैं। नकारात्मक विचारों और भावनाओं के बहुत सारे तीर, भाले और पत्थर उन्हें लग चुके होते हैं। आँखों में असत्य की धूल पड़ चुकी होती है मगर कहीं तो आत्मसम्मान जग जाता है कि अब माया में और ज़ख्मी नहीं होना है। इसी तरह कई हज़ारों साल पहले भगवान बुद्ध का भी आत्मसम्मान जग गया था, जब उन्हें लगा कि 'मैं भी बूढ़ा हो जाऊँगा तो ऐसा दिखूँगा, यशोधरा भी ऐसी होगी, पिताजी भी ऐसे (बूढ़े) हो जाएँगे।' उन्हें वह घाव लगा और उनका आत्मसम्मान जगा। इसलिए घाव लगते वक्त आपको उन घावों के प्रति संवेदनशील होना चाहिए। ध्यान आपको संवेदनशील बनाता है वरना घाव लग रहे हैं, फिर भी इंसान उन घावों को सहता जाता है, चुभ रहा है तो चुभने देता है क्योंकि वह उन घावों के प्रति असंवेदनशील होता है। इंसान सालों-साल अपने मन में नफरत को पालकर रखता है। ऐसी नफरत उसे परेशान कर रही है और वह भी उसे स्वयं को परेशान करने दे रहा है। लेकिन जिसका आत्मसम्मान जगेगा, वह कहेगा कि 'ऐसे घाव नहीं चाहिए। किसी के प्रति नफरत हमें तकलीफ दे रही है तो यह हमें नहीं चाहिए।' इस तरह बहुत कम लोगों का आत्मसम्मान जगता है।

विशेष वातावरण में ज्ञान और ध्यान पर ध्यान दिया जाता है

जो जागृत हो जाता है वह तुरंत रास्ता ढूँढ़ने लगता है। रास्ता ढूँढ़ते-ढूँढ़ते वह सत्संग में पहुँचता है, जहाँ उसे पता चलता है कि कब कहाँ से नकारात्मक विचारों का पत्थर आ रहा है या दुःखद भावनाओं का तीर चुभ रहा है। यह पता चलने के लिए आवश्यक तकनीक, समझ, यंत्र, हथियार या ढाल यदि हमें मिल जाए तो घाव लगने से पहले हम सजग हो जाएँगे और अपने आपको बचा लेंगे।

जिनका भी आत्मसम्मान जगा, वे सत्संग में आते हैं और वहाँ सीखते हैं। जिस प्रकार पाठशाला में यदि बच्चों से कोई गलती हो जाए तो शिक्षक उनके सिर पर टप्पू मारते हैं ताकि बच्चे सही ज्ञान प्राप्त करें। टप्पू मारने के पीछे शिक्षक का उद्देश्य बच्चों का विकास करना ही होता है। उसी प्रकार सत्संग में भी इंसान को टप्पू मारे जाते हैं। यहाँ पर टप्पू का अर्थ है- ज्ञान के हथौड़े। ये टप्पू सभी को प्यारे भी होते हैं क्योंकि एक विशेष वातावरण में लगाए जाते हैं। दुःखी और परेशान करने के लिए नहीं बल्कि प्रशिक्षण देने के लिए लगाए

जाते हैं। प्रशिक्षण देने के लिए टेस्टिंग होती है ताकि आप जब संसार में जाएँ तो वहाँ पर माया की दुनिया में मिलनेवाले घावों को रोक पाएँ। लोग सत्संग में सेवा करते हैं तो सेवा के साथ उनके अहंकार की मौत होती है क्योंकि ऐसे सेवा के कार्य एक विशेष, सुरक्षित और सजग वातावरण में किए जाते हैं। फिर संसार के सारे काम इंसान के लिए पूजा बन जाते हैं। इस प्रकार चारों तरफ वही कार्य चल रहा है, सभी लोग समझ के साथ एक ही प्लेटफार्म पर कार्य कर रहे हैं इसलिए पूरी संभावना है कि हम वही सीखेंगे, जो टप्पू (ज्ञान के हथौड़े) हमें सिखाएँगे।

बाहर के संसार में जो परीक्षा (टेस्टिंग) होती है, जो ज़ख्म लगते हैं, उनसे हम वह सबक नहीं सीखते, जो हमें सिखाया जाता है। हम कोई और अनुमान लगाकर जीते हैं। हम यह नहीं सीखकर आते हैं कि हमें दुनिया के मैदान पर कैसे प्रैक्टिस करनी चाहिए। मैदान कितना खराब है... यह कभी ठीक होनेवाला नहीं है... दुनिया ऐसे ही रहनेवाली है... ये जीने लायक नहीं है... मगर मरने का साहस नहीं है इसलिए रुके हैं..., ऐसे अनुमान लेकर लोग दुनिया में जीते हैं। दुनिया में आपको क्या सीखना था और आप क्या सीखकर आते हैं! ऐसा निष्कर्ष (Conclusion) यदि कोई वैज्ञानिक निकाले तो किसी भी चीज़ का आविष्कार नहीं होगा, वे ही यंत्र तकलीफ देने लगेंगे, जो अभिव्यक्ति के काम आ सकते थे, जो लोगों को सुविधा और सुरक्षा दे सकते थे। वैज्ञानिक जानते हैं कि जो भी प्रयोग किया है उससे सही निष्कर्ष निकलना चाहिए, सही अंदाज़ा लगाना चाहिए। यदि हम अनुमानों में अटक गए तो फिर गलत बातें सीखकर आगे आनेवाली पीढ़ियों को भी गलत बातें ही सिखाएँगे।

ध्यान में ज़हर भी अमृत है

जीज़स को सूली दी गई, सुकरात को ज़हर पिलाया गया मगर वे उस ज़हर के असर को कैसे देखते रहे? उन्होंने उस ज़हर को भी मौका बनाया। उस ज़हर की वजह से उनकी टाँगों ने काम करना बंद कर दिया और ज़हर का असर टाँगों से सिर तक, हृदय तक आ गया, फिर भी वे अपनी अवस्था की एक-एक बात बताते रहे। इससे समझें कि वे किस तरह का ध्यान कर रहे थे, वे यह देख पा रहे थे कि यह शरीर मृत्यु प्राप्त कर रहा है और यह एक अनोखा अनुभव है। यह अनुभव वे जल्द से जल्द करना चाहते थे। ज़हर के असर को

रोका नहीं जा सकता था क्योंकि माया के लोगों ने उन्हें वैसी सज़ा दी थी कि ज़हर पीना ही है इसलिए उन्होंने ज़हर को भी ऐसे देखा कि ज़हर भी ध्यान बन जाए। वह ज़हर सुकरात को ज़ख्म नहीं दे पाया। उनके शरीर की मृत्यु हुई मगर उससे उनके अनुभव में कोई परिवर्तन नहीं आया यानी उन्हें अंदर के ज़ख्म नहीं लगे।

अंदर से ज़ख्म लगना बंद हो जाएँ

जीज़स के शरीर को बाहर से बहुत ज़ख्म दिए गए मगर उन्हें अंदर ज़ख्म नहीं दे पाए। जिसका ध्यान प्रशिक्षित है, जिसका ध्यान, ध्यान पर जा सकता है, उसे बाहर के ज़ख्म, ज़ख्म नहीं दे सकते। बाहर से ज़ख्म दिखाई देते हैं इसलिए हम उस दिखावे पर ही जाते हैं। जो दिखनेवाले ज़ख्म हैं, हम उनसे ही बचना चाहते हैं। जो ज़ख्म हमें नहीं दिखते हैं, जो कपड़ों में छिप जाते हैं, उन पर हम कभी ध्यान ही नहीं देते इसलिए अंदर के ज़ख्म दिखते ही नहीं। बाहर से तो इंसान पढ़ा-लिखा और समझदार दिख रहा है मगर अंदर से जल रहा है, बदले की भावना में तप रहा है, अहंकार से भरा हुआ है, अहंकार की वजह से जीवन का आनंद खो रहा है। वह अंदर से डरा हुआ रहता है और सोचता है, 'कब कौन इंसान आकर मेरी हत्या कर दे, कब कुर्सी छिन जाए पता नहीं।' उस इंसान को बाहर से ये सब ज़ख्म नहीं लग रहे हैं मगर अंदर से तो वह ज़ख्मी हो चुका है। उन ज़ख्मों के लिए वह कोई इलाज नहीं सोच रहा है क्योंकि उसे कोई बता नहीं रहा या कोई इलाज करते हुए दिखता नहीं। उसे हर इंसान कुर्सी के पीछे भागते हुए दिखाई देता है इसलिए उसे कभी खयाल ही नहीं आता कि यह अंधी दौड़ बंद होनी चाहिए।

8
ध्यान मंत्र
मन का स्नान करें

माया की अंधी दौड़ तब बंद होगी जब हम मनन के द्वारा अदृश्य को देख पाएँगे। अदृश्य में माया द्वारा हमें जो आंतरिक ज़ख्म दिए जा रहे हैं, वे जब हमें दिखाई देंगे तब यह अंधी दौड़ बंद होगी।

यदि हम यह इंतज़ार करते रहे कि हमारे चारों तरफ लोग ध्यान करें, उसके बाद ही हम ध्यान करेंगे तो हम बहुत बड़ी गलती कर रहे हैं। बाहर कोई ध्यान करते हुए दिखे या न दिखे, हमें शुरुआत कर देनी चाहिए क्योंकि हम जान गए हैं कि अदृश्य में हमें ध्यान द्वारा क्या लाभ मिल रहा है।

शारीरिक स्नान करने के लाभ दिखाई देते हैं इसलिए सभी स्नान करते हैं। मगर मन का स्नान करने से कौन से लाभ मिलते हैं, यह हमें तुरंत दिखाई नहीं देता। चूँकि ये अंदर के लाभ हैं इसलिए किसी का ध्यान इन पर नहीं जाता। पहले तो हम यही चाहते हैं कि हम स्नान करके आएँ और लोग कहें कि 'बहुत फ्रेश लग रहे हो।' चूँकि लोग ऐसा कहते हैं इसलिए हम नहाते हैं। लेकिन यदि आप अंदर से फ्रेश हो जाते हैं तो कोई नहीं कहता कि 'अरे! तुम तेज आनंद से भरपूर लग रहे हो।' केवल इसलिए हम वह करना ही नहीं चाहते। हम इसी इंतज़ार में रहते हैं कि जो लोग कहेंगे, हम वही करेंगे। इस रवैए के प्रति ही हमें अपनी समझ विकसित करनी है। समझ विकसित होते ही हम वही करेंगे, जो हमें स्वअनुभव के नज़दीक ले जाए।

समझ यह कहती है कि लोगों को दिखे या न दिखे मगर जो हमारी मंज़िल है, जो हमारा लक्ष्य है, कुल-मूल उद्देश्य है, वह हमें प्राप्त करना चाहिए। बाकी लोग

चलें या न चलें, हमें तो इस रास्ते पर चलना ही है। ध्यान ऐसी अवस्था है जो आपको स्वअनुभव तक पहुँचा सकती है। इसलिए जल्द से जल्द ध्यान करना आरंभ करें।

सत्संग में केवल वे ही लोग आते हैं, जिनका आत्मसम्मान जगता है, जो माया की दुनिया में और उलझना नहीं चाहते, जो मान्यताओं में बहुत रह लिए अब सत्य के साथ जीना चाहते हैं। ये लोग ही माया के आकर्षण से बचेंगे क्योंकि आकर्षण से बाहर आने के लिए कई उपाय भी हैं। जैसे दुःख है तो दुःख मुक्ति का उपाय भी है।

उपाय पता न होते हुए भी भगवान बुद्ध जैसे कई लोग निकल पड़ते हैं। सब तरह के ध्यान करके वे एक ऐसे मुकाम पर पहुँचते हैं, जहाँ पर संपूर्ण संबोधी (प्रज्ञा) जगती है। आज के ज़माने में इंसान के लिए तो सत्संग एक पूर्ण व्यवस्था है और हर चीज़ उपलब्ध है सिर्फ उसका लाभ लेना है, शुरुआत करनी है। माया के तीर आने से पहले ही आपको सजग होना है।

ध्यान मंत्र हमेशा याद रखें

अब समझें कि आँखें, कान, त्वचा, नाक और ज़ुबान कहाँ भटकते हैं, कहाँ अटकते हैं, कहाँ से छिटकते हैं और क्यों? कहाँ लगाव होना चाहिए और कहाँ अलगाव होना चाहिए? कहाँ ध्यान लगने लगे और कहाँ से हम छूटें? कहाँ योग हो और कहाँ से वियोग हो? यह जब साफ-साफ पता चलेगा तो वैसा होने लगेगा और हमें तुरंत याद आएगा, 'पलट तेरा ध्यान किधर है। तुम कहाँ लगे हुए हो, यह तो तुम नहीं चाहते थे, इसमें तो अटकना नहीं चाहते थे, फिर कैसे इसमें लगे हुए हो।' ध्यान को खींचेंगे तो पहले लगेगा कि कोशिश करनी पड़ती है। अच्छा स्वाद है, अच्छे दृश्य दिख रहे हैं, अच्छी आवाज़ें आ रही हैं तो वहाँ से मन हटना नहीं चाहता। क्रिकेट मैच चल रही है, आखिरी दृश्य चल रहा है और कोई कहे कि 'चलो उठो, बाहर चलते हैं' तब याद आएगा, 'पलट तेरा ध्यान किधर है?' ऐसे समय में ही ध्यान को मौका मिलता है। क्रिकेट मैच में कौन जीता और कौन हारा, यह बाद में मालूम पड़ जाता है इसलिए खेल में इतना अटकने की आवश्यकता नहीं है बल्कि ध्यान के लिए मिले हुए मौके का लाभ लेना है।

प्रयोग करने से इंसान अपने बारे में ज़्यादा जानता है

जो लोग प्रयोग करते हैं, वे ही माया से बाहर आते हैं। एक इंसान कहता है कि 'मैं कभी अकेला बाहर नहीं जाता हूँ। कोई फिल्म भी देखनी हो तो जब

तक कोई मित्र साथ में नहीं चलता मैं जा ही नहीं पाता हूँ, मुझे हमेशा कोई तो अपने साथ चाहिए ही होता है।' उसे कहा जाता है कि 'एक बार अकेले फिल्म देखने का प्रयोग करके देखो।' लोगों की प्रयोग करने की तैयारी नहीं होती। जिन्होंने प्रयोग किए हैं, उन्होंने जाना है कि अकेले फिल्म देखने जाते हैं तो मन खाली समय में क्या बोलता है? इंटरवल में क्या बोलता है? सब अनजाने लोग चारों तरफ दिख रहे हैं तो उस वक्त कैसा लगता है? जब प्रयोग किए जाते हैं तब इंसान अपने बारे में जान पाता है।

ध्यान को प्रशिक्षित करने के मौके आते हैं तो अपनी निश्चय शक्ति और इच्छा शक्ति का इस्तेमाल करें। ध्यान के पहले कुछ तैयारी करवाई जाती है। ध्यान कहाँ जाता है यह बताया जाता है, आत्मसम्मान जगाया जाता है और इन सबकी आवश्यकता क्यों है, यह साफ-साफ बताया जाता है। अब आपको समझ में आएगा कि वाकई इस ध्यान को ध्यान देना कितना आवश्यक है। अगर ध्यान को ध्यान नहीं दिया तो हम भटकते रहेंगे, हमें घाव (असत्य के तीर) लगते रहेंगे, जो किसी को भी दिखते नहीं हैं। अगर दस लोग रोज़ आपसे कहें कि 'तुम ज़ख्मी हो रहे हो' तब आप उससे बाहर आना चाहेंगे। कोई कहता नहीं है इसलिए आपका आत्मसम्मान जगता नहीं है। जो घाव दिखते हैं हम उन्हें ढँक देते हैं या फिर छिपा देते हैं। जब तक छिपा पाते हैं तब तक आप वैसे ही जीते हैं, इलाज करवाना नहीं चाहते हैं। अगर आप इलाज करवाना चाहते हैं तो घावों को छिपाएँ नहीं।

रास्ते पर जाते हैं तो हमारा ध्यान यहाँ-वहाँ भटकता है, घर में होते हैं तो भटकता है, अकेले होते हैं तो भटकता है, लोगों के साथ होते हैं तो भी भटकता है। शहर में गए तो हमारा ध्यान कीचड़ में अटकता है और जब ऐसा हो तो हमें याद आना चाहिए कि 'कीचड़, कीचड़ नहीं ट्यूशन टीचर है।' इससे हमें पता चलता है कि हमें क्या सबक सीखना है। यह अपने ध्यान को जानने का मौका है। आपका ध्यान अगर प्रशिक्षित नहीं है तो उसका दुःख नहीं मनाना है। इसका अर्थ है कि आपने अपनी बीमारी को जान लिया है। ध्यान के प्रशिक्षित न होने से, आपको होनेवाली आंतरिक पीड़ा जब स्पष्ट रूप से दिखाई देगी तब आप यही कहेंगे कि 'अब बहुत हो गया, अब इस पीड़ा से बाहर आना है।' इस तरह आपका आत्मसम्मान जगेगा।

अब तक आपने समझा कि ध्यान की आवश्यकता क्या है? सत्संग में कैसे टप्पू लगते हैं? जो संवेदनशील हैं, वे समझ जाते हैं कि 'यह मेरे लिए बताया गया

है। 'पलट तेरा ध्यान किधर है?' यह मुझे ही कहा गया है, मेरा ध्यान ही भटकता है।' जो इंसान असंवेदनशील है, वह कहेगा कि 'यह किसी और के लिए कहा होगा, वह इस-इस तरह गलती करता है, हम तो नहीं अटकते, हम तो सत्वगुणी हैं इसलिए यह हमारे लिए नहीं कहा गया है।' हर एक को ध्यान का ध्यान करना आवश्यक है। सिर्फ बाहर ध्यान कहाँ नहीं गया और कहाँ गया, इतना ही नहीं है। अब ध्यान कहाँ जाए और पलटे तो कहाँ पलटे, किस चीज़ पर लौटे यह पक्का हो गया तो 'पलट तेरा ध्यान किधर है' यह आपके लिए मंत्र हो जाएगा।

दिन में कई बार अपने आपसे कहें, 'पलट तेरा ध्यान किधर है?' फिर आपको याद आएगा कि 'यहाँ-यहाँ मेरा ध्यान है मगर असल में मेरा ध्यान कहाँ पर होना चाहिए?' जवाब आएगा कि 'मेरा ध्यान वर्तमान या तेजस्थान पर होना चाहिए।' इस तरह आप तुरंत तेजस्थान पर लौट पाएँगे। जहाँ ध्यान करने की सुविधा है, वहाँ आपकी आँख बंद होगी और जहाँ सुविधा नहीं है, वहाँ आँख खुली होते हुए भी आपका ध्यान, ध्यान पर लौटेगा। **अनुभवकर्ता, अनुभवकर्ता का अनुभव में अनुभव करता है।** यह आप यदि अनुभव से जानेंगे तो वाकई में उसे महसूस कर पाएँगे। फिर आप जान पाएँगे कि द्रष्टा, दृश्य और दर्शन तीनों एक हैं, चित्रकार, चित्र और चित्रकला तीनों एक हैं। सब एक हो गए तो सिर्फ कला ही बचती है, सिर्फ दर्शन ही बचता है। फिर न द्रष्टा रहता है और न ही दृश्य रहता है। यह समझने के बाद सोचें कि कैसे हम अपने ध्यान को उस परम मुकाम तक ले जाएँ। आप आवश्यकता महसूस करेंगे तो ही शुरुआत कर पाएँगे इसलिए शुरुआत में ही यह समझाया गया कि ध्यान की आवश्यकता क्यों है ताकि आपका ध्यान सही दिशा में जाए।

ध्यान में निरंतरता लाएँ

'निरंतरता ही सफलता की कुंजी है', यह पंक्ति आपने सुनी या पढ़ी होगी। ध्यान में भी यही नियम लागू होता है। जो लोग ध्यान में जुड़े, जिन्होंने भी शुरुआत की और निरंतरता से उस पर कार्य किया, वे अंतिम सत्य तक पहुँच गए।

ऐसे लोगों ने बताया कि 'हम रोज़ कुछ सालों से ध्यान करते आ रहे थे और काफी दिन तक तो पता ही नहीं चल रहा था कि ध्यान से क्या फायदा हो रहा है। हो भी रहा है या नहीं परंतु हमने ध्यान निरंतरता से जारी रखा।' ऐसे लोगों को ध्यान से परिणाम मिले। लाभ दिखाई न देने पर इन लोगों ने ध्यान करना नहीं

छोड़ा। उन्होंने काफी समय तक ध्यान करना जारी रखा, इतने दिनों तक परिणाम न आने पर तो कोई भी ध्यान करना छोड़ दे परंतु जिन्होंने निरंतरता रखी उन्हें परिणाम मिले। उदाहरण के तौर पर आपने विक्रम-वेताल की कहानी सुनी होगी।

विक्रम हर दिन वेताल को पेड़ से उतारकर अपनी पीठ पर लाद देता था और उसे अपने साथ लेकर जाना चाहता था। वेताल हर बार उसे एक कहानी सुनाता था और कहता था कि यदि तुमने इस कहानी का उत्तर नहीं दिया तो मैं तुम्हें मार दूँगा और यदि दिया तो मैं उड़कर वापस पेड़ पर चला जाऊँगा।' विक्रम जब वेताल की कहानी सुनता था तो वह उस कहानी का सही-सही उत्तर वेताल को देता था। इससे उसकी जान तो बच जाती थी परंतु वेताल उड़कर पेड़ पर जा बैठता था। विक्रम फिर से उसे लाने जाता था और यही सिलसिला चलता रहता था। रोज़ाना की कोशिश के बाद भी विक्रम को परिणाम नहीं मिलता था। उसकी जगह कोई और होता तो कोशिश करना छोड़ देता मगर विक्रम ने ऐसा नहीं किया। विक्रम ने उसका बहुत फायदा लिया। उसने हर कहानी से कुछ सीखा और अपने लक्ष्य की प्राप्ति में जुटा रहा। आखिरकार वह वेताल को लाने में सफल रहा। ठीक इसी तरह आप भी अपने लक्ष्य के लिए जुटे रहें। इसके लिए ध्यान में निरंतर बैठना आवश्यक है।

जो लोग ध्यान में बैठना शुरू करते हैं, उन्हें पहले ही सजग कर दिया जाता है कि जब आप ध्यान में बैठेंगे तो मन चेक करने आएगा कि 'तुम इतनी देर से ध्यान में बैठे हो मगर कुछ फायदा तो नहीं दिख रहा है?' आपको उस चेकर से घबराना नहीं है। निरंतरता से अपना कार्य जारी रखना है। ध्यान करते वक्त यह ज़रूर देखें कि आप ध्यान सही तरह से कर रहे हैं या नहीं। जब आप ध्यान सही तरीके से करते हैं तब परिणाम आते हैं लेकिन उसमें अटकें नहीं। यह चेक न करें कि इससे कुछ लाभ हो रहा है या नहीं, अनुभव हो रहा है या नहीं। केवल निरंतरता से ध्यान करते रहें।

9

ध्यान के चार दुश्मन

निराशा, शंका, लगाव-नफरत, आलस्य व इंद्रिय सुख के विचार

ध्यान करते वक्त कई बाधाएँ आ सकती हैं। उनमें से कुछ बाधाएँ संक्षेप में समझें।

पहला दुश्मन - निराशा

हर दिन नियम से ध्यान करनेवाले साधक को जब अपने जीवन में कोई लाभ होता दिखाई नहीं देता तब वह निराश हो जाता है। निराशा की भावना के कारण उसका मन एकाग्रित नहीं हो पाता। वह खुद को शक्तिहीन महसूस करने लगता है। अगर आपमें निराशा के ऐसे भाव जागें तो तत्काल सकारात्मक विचारों को दोहराएँ। निराशा के विचारों को गुज़र जानेवाले बादलों की तरह देखें, जो थोड़े समय तो एक स्थान पर छाए रहते हैं लेकिन फिर छँट जाते हैं। आपको इन बादलों के आने-जाने से कोई दिक्कत नहीं होती। इसी तरह मन में आने-जानेवाले निराशा के विचारों को साक्षी भाव से, अलगाव की भावना से देखें। ऐसा कभी न कहें, 'मैं निराश हूँ' बल्कि हमेशा कहें, 'मेरे मन से निराशा के विचार गुज़र रहे हैं और जल्द ही ये छँट जाएँगे।' अलगाव की इस भावना के कारण आपके मन से निराशा के विचार सहजतापूर्वक चले जाएँगे और आप एकाग्रचित्त होकर ध्यान कर पाएँगे।

दूसरा दुश्मन - शंका

ध्यान करते वक्त इंसान को स्वयं के बारे में कई शंकाएँ आती हैं; जैसे 'अन्य लोगों की तरह मैं भी अच्छी तरह से ध्यान कर पाऊँगा या नहीं? मैं

ज़्यादा देर ध्यान में बैठ पाऊँगा या नहीं? बाकी लोगों की तरह मैं भी ध्यान के दौरान आनेवाले विविध अनुभवों के बारे में बता पाऊँगा या नहीं? क्या वाकई में ध्यान मेरे लिए है?

ध्यान में बैठने के बाद मन आपसे कहेगा, 'यह गलत है... इससे कोई लाभ नहीं हो रहा है... मैं ध्यान नहीं कर पाऊँगा। मेरे साथ कई तरह की दिक्कतें हैं। मुझे अमुक-अमुक तरह की बीमारी है... मेरे पैरों में दर्द रहता है... मैं कम पढ़ा-लिखा हूँ... मैं समझ नहीं पाऊँगा...' वगैरह-वगैरह। मन इस तरह के बहाने गढ़े तो उसे समझाएँ, 'ध्यान के लिए ऊँची पढ़ाई-लिखाई की ज़रूरत नहीं है। शरीर दर्दरहित या कष्टरहित हो, यह भी ज़रूरी नहीं है। हर तरह की शारीरिक अवस्था के बावजूद ध्यान किया जा सकता है।' ध्यान के बारे में मन में किसी भी तरह की शंका या शक की गुंजाइश न रखें। ध्यान के इस दुश्मन को तुरंत भगाएँ।

तीसरा दुश्मन - लगाव, नफरत, इंद्रिय सुख के विचार

ध्यान का दूसरा दुश्मन है लगाव, नफरत और इंद्रिय सुख के विचार। ध्यान में बैठने के बाद आपको कुछ नकारात्मक घटनाएँ याद आ सकती हैं, जिनकी वजह से आपको अपने प्रतिस्पर्धी से बदला लेने के विचार आ सकते हैं। ऐसे विचार आने के बाद आपको संतुष्टि महसूस होती है। अहंकार को ऐसी ही संतुष्टि तृप्त करती है। अहंकार कहता है, 'मैं यही चाहता था। मुझे हर पल यही विचार आते थे कि प्रतिस्पर्धी से कैसे बदला लिया जाए।' ध्यान के दौरान बदला लेने के विचार आएँ तो तुरंत सजग हो जाएँ क्योंकि उन विचारों के साथ लोभ, कामुकता और इंद्रिय सुख के विचार आने के पूरे-पूरे आसार होते हैं। इंसान की अनेक महत्वाकांक्षाएँ होती हैं। वह लगातार कई विषयों की तरफ ध्यान देता है इसलिए उसके मन में अनेक दृश्यों की छवि बन जाती है। ध्यान के दौरान ये सभी दृश्य उसकी आँखों के आगे फिल्म की तरह उभरने लगते हैं और वह उनमें फँस जाता है। इन विचारों में बहुत देर खोए रहने के बाद उसे याद आता है, 'अरे! मैं तो ध्यान करने बैठा था।'

आप मंदिर जाते हैं तो मन में कौन से विचार आते हैं? आपके मन में वही विचार आने चाहिए, जिनके लिए आप संबंधित स्थान पर जाते हैं। अगर आपको दूसरी बातों के बारे में सोचना है तो बाद में घर जाकर सोच सकते हैं।

उसी तरह ध्यान में बैठने पर जो विचार आने चाहिए, वे बातें सोचें, न की माया की बातें। ध्यान के इस दुश्मन के बारे में हमेशा सजग रहें।

चौथा दुश्मन - आलस्य या तंद्रा

ध्यान का तीसरा दुश्मन है आलस्य। कई बार ध्यान के दौरान शरीर साथ न देने की वजह से आपको नींद आने लगती है और आपका मन कहता है, 'वैसे भी सही ढंग से ध्यान नहीं हो पा रहा है। ध्यान को छोड़ो, चलो गहरी नींद लेते हैं।' आपको धोखा देने के लिए मन कई सालों से इस तरह के तर्कों का इस्तेमाल करता रहा है। इस आदत की वजह से मन ध्यान न करने के लिए भी तर्क का इस्तेमाल करता है। लेकिन तर्क का यह खोटा सिक्का ज़्यादा दिनों तक नहीं चल सकता। खोटा सिक्का तब तक ही चलता है, जब तक लोग उसे स्वीकार करते रहते हैं। सजगता से जब लोग खोटे सिक्के लेना बंद कर देते हैं, तब उनका चलन तुरंत बंद हो जाता है। ध्यान के दुश्मनों के साथ भी ऐसा ही है। जब आप सजगता से डटकर हर दुश्मन का सामना करते हैं और बाधा डालनेवाले विचारों के बावजूद ध्यान जारी रखते हैं तब सारे दुश्मन तुरंत भाग जाते हैं।

तर्क रूपी इस दुश्मन से तुरंत सावधान हो जाएँ। मन ध्यान में कुछ न होने का बहाना करेगा तब उससे कहें, 'ध्यान में कुछ हुआ या नहीं, इससे कुछ फर्क नहीं पड़ता। मैंने ध्यान करने का निर्णय लिया है इसलिए हर परिस्थिति में मैं ध्यान में बैठूँगा।'

ध्यान के उच्च स्तरों पर जाने के लिए इस मंत्र को याद रखें, 'निरंतरता ही सफलता की कुंजी है।' ध्यान की निरंतरता में कभी बाधा न आने दें। अगर मन बहुत उत्तेजित होने लगे तो उठकर चेहरे पर ठंढे पानी के छींटे मार लें या बीच-बीच में भीगे तौलिए से अपना चेहरा पोंछते रहें और ध्यान जारी रखें। हर बहाने और बाधा के बावजूद यह तय करें कि आप एक निश्चित समय तक अपने मन से कार्य करवाएँगे। इसे अपना लक्ष्य बना लें।

10

ध्यान द्वारा स्वयं को संतुलित कैसे रखें

Centre Balancing Meditation

आँख, कान, ज़ुबान और शरीर को प्रशिक्षण दें

ध्यान के साथ-साथ आँख, कान और ज़ुबान को सबसे पहले प्रशिक्षण मिलना चाहिए। हमेशा ध्यान रखें कि आपकी आँखें क्या देख पा रही हैं और कान क्या सुन रहे हैं? कोई किसी की चुगली, बुराई या व्यर्थ की बातें कर रहा है तो कान वही तो नहीं सुनना चाहते हैं? इस तरह हर वक्त आपको अपनी आँखों और कानों पर ध्यान देना है।

इस बात पर भी ध्यान दें कि आपकी ज़ुबान क्या बोलना चाहती है। ज़ुबान ने यदि ईश्वर का सिमरण नहीं किया तो ज़ुबान व्यर्थ हो जाती है। कानों ने यदि सत्य का श्रवण नहीं किया तो कान व्यर्थ हैं। आँखों ने यदि स्वसाक्षी का दर्शन नहीं किया तो आँखें व्यर्थ हैं। ध्यान, ध्यान पर न लौटे तो ध्यान व्यर्थ है। अगर आपको यह पक्का हो जाए तो आप हर क्षण का लाभ लेना चाहेंगे। जो भी व्यवस्था इस संसार में हुई है, उसका फायदा आप लेना चाहेंगे।

ध्यान का ध्यान करें

आँख और कान को सबसे पहले प्रशिक्षण दिया जाना चाहिए, उसके बाद ज़ुबान को भी प्रशिक्षण की आवश्यकता है। जब तक आप सुगंध की तरफ ध्यान नहीं देते तब तक नाक आपको ज़्यादा परेशान नहीं करती मगर जो दो मुख्य इंद्रियाँ हैं- आँख और कान, वे सुबह से लेकर रात तक आपका ध्यान खींचती रहती हैं। आप कभी सोचते ही नहीं, 'मेरी आँख कहाँ जा रही है? मैं क्या देख

रहा हूँ, इस पर भी मुझे ध्यान देना चाहिए।' इस तरह आपको ध्यान का ध्यान भी करना चाहिए। सुबह से लेकर रात तक आपका ध्यान कहाँ जाए, यह आप तय करें। अब तक आपने अपने आपसे ध्यान के बारे में पूछा नहीं था इसलिए आपका ध्यान कहीं भी जा रहा था मगर अब आपका ध्यान आपसे पूछकर ही जाए। आप उससे पूछें, 'कहाँ जा रहे हो? पलट तेरा ध्यान कहाँ है?' इस प्रकार जब आप अपने आपसे सवाल पूछेंगे तो ध्यान प्रशिक्षित (ट्रेन्ड) होगा। इससे जो लाभ और आनंद आपको मिलेगा, वह बहुत बड़ा होगा।

सेंटर बैलेंसिंग मेडिटेशन

संपूर्ण ध्यान करते समय आपको जो सूचनाएँ दी गई हैं, उनका पालन करें। आप 'केंद्र संतुलित ध्यान (Centre Balancing Meditation)' की अवस्था में बैठें। पहले ठीक से समझें कि यह अवस्था क्या है?

सेंटर बैलेंसिंग शरीर की ऐसी अवस्था है, जिसमें वह कुछ समय के लिए आराम से बैठ पाए। इस अवस्था के लिए आपको अपना शरीर थोड़ा आगे-पीछे, दाएँ-बाएँ हिलाकर देखना पड़ता है।

'सेंटर बैलेंसिंग मेडिटेशन' का अर्थ है अपने शरीर को पृथ्वी के गुरुत्वाकर्षण के अनुसार स्थित करना ताकि आप ज़्यादा समय ध्यान में बैठ पाएँ, ध्यान की गहराइयों में डुबकी लगा पाएँ। कोई भी ध्यान करने से पहले बैठने का ढंग और शरीर के आसन का महत्त्व होना चाहिए। जब भी बैठें तो पृथ्वी के गुरुत्वाकर्षण (ग्रॅविटेश्नल फोर्स) के अनुसार बैठें। अगर आप इस तरह से बैठते हैं तो बिना किसी दिक्कत के ज़्यादा समय तक ध्यान में बैठ पाते हैं।

एक उदाहरण से समझें कि हमें अपने शरीर का सेंटर कैसे ढूँढ़ना है। अगर आप टेबल पर कोई पेन खड़ी रखते हैं तो वह कैसे खड़ी रह पाती है? क्योंकि

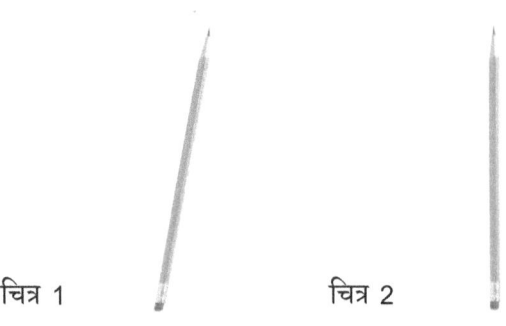

चित्र 1

चित्र 2

उसने अपना सेंटर ढूँढ़ लिया, अब वह उस हिसाब से खड़ी रह पाती है। उसका सेंटर सही है। अगर आप पेंसिल को दिखाए गए पहले चित्र की तरह रखते हैं तो आप जानते हैं कि यह उसका सही सेंटर नहीं है, वह बिलकुल खड़ी नहीं रह पाएगी। ठीक उसी तरह हमारा शरीर भी जब अपने सेंटर पर स्थित होगा तब ज़्यादा देर तक स्थित रह पाएगा। अगर आपने अपने शरीर को गलत ढंग से टिकाकर रखा तो भी उसमें दर्द शुरू हो जाएगा और आप ज्यादा देर तक ध्यान में नहीं बैठ पाएँगे। मगर शरीर का ऐसा एक पॉईंट (बिंदू) है, सेंटर पॉईंट, जो सुई के नोक के बराबर है। यदि आप उस आसन में बैठें तो घंटों उसी अवस्था में बैठ सकते हैं और इतनी देर बैठकर भी आपको लगेगा कि आप नहीं थके।

यह प्रयोग करके देखें :

1) अपने स्थान पर खड़े हो जाएँ।

2) अपनी टाँगों के बीच में थोड़ी सी दूरी रखें। करीबन ६ इंच तक की दूरी रहे।

3) अपने शरीर को थोड़ा सा आगे ढकेलें और अपने आपसे पूछें कि 'अगर मैंने अपने शरीर को ऐसा रखा तो क्या मैं थक जाऊँगा?' जवाब आएगा, 'हाँ, ज़रूर थक जाओगे।'

4) फिर अपने शरीर को पीछे ले जाएँ और यही सवाल पूछें। कौन सी अवस्था में (आगे और पीछे के बीच में) आप ज़्यादा देर तक बिना थके खड़े रह पाएँगे?

5) अब अपने शरीर को घड़ी के पेन्डूलम की तरह आगे-पीछे करें। जिस तरह घड़ी का पेन्डूलम धीरे-धीरे अपनी जगह पर अपने आप आ जाता है, ठीक उसी तरह अपने शरीर को थोड़ा कम आगे ले जाएँ, थोड़ा कम पीछे ले जाएँ। इस तरह कम-कम, होते-होते मध्य में आ जाएँ।

6) फिर एक ऐसा पॉईंट, ऐसा बिंदू आएगा जब आपको मालूम पड़ेगा कि अब न इससे आगे जा सकते हैं और न इससे पीछे जा सकते हैं। यही वह पॉईंट, वह बिंदू है जहाँ आप स्थिर रह पाते हैं। आपने अपने आपको हिलाकर बताया कि सेंटर पॉईंट कौन सा है, यहाँ से आप आगे-पीछे हुए।

7) चारों दिशाओं से आपको सेंटर अवस्था का पता चलता है। उस अवस्था

में रहें और उसका आनंद लें।

8) ये सारे कदम ध्यान के आसन में बैठकर दोहराएँ और अपने सेंटर का पता लगाएँ।

इस प्रयोग का इस्तेमाल

1) कभी आप ऐसी परिस्थिति में हैं – जहाँ सब लोग तनाव में हैं, झगड़ा चल रहा है और आप उन्हें देख रहे हैं तब आप यह प्रयोग शुरू कर दें कि 'मैं अपने आपको इस घटना, इस परिस्थिति में संतुलित कर रहा हूँ।' शरीर संतुलित होता है तो उसका असर मानसिक तौर पर भी हो सकता है।

2) जब किसी घटना या परिस्थिति में आपको लगे कि आप अपने आपे से बाहर जा रहे हैं तब आप शारीरिक स्तर पर संतुलित रहकर सभी स्तरों (आगे-पीछे, दाएँ-बाएँ) को बैलेंस (समतल) कर सकते हैं।

11
नींद में बेहोशी, समाधि में होश
नींद और समाधि की समझ

हर इंसान रोज़ रात को नींद में जाता है मगर वह समझ के साथ नींद में नहीं जाता। आठ घंटे नींद में रहकर वह सुबह जैसे था वैसा ही उठता है और कई बार तो उससे भी बदतर होकर उठता है। जैसे नींद ठीक से न हो पाना, पीठ में दर्द होना, आँखों का सूज जाना और बहुत सारे सपने आना, ऐसी कई बातों की वजह से इंसान नींद से सुबह बदतर होकर उठता है। इंसान नींद में जाता है यानी स्वयं के अनुभव में जाता है और नींद से उठता है यानी उस अनुभव से बाहर आ जाता है। नींद भी एक तरह की समाधि है। लेकिन अब नींद और समाधि की अवस्था में निश्चित क्या होता है, इसे समझें।

जब आप नींद में जाते हैं तब अपने साथ एक बैट लेकर जाते हैं और जब आप समाधि में जाते हैं तब अपने साथ हॉकी लेकर जाते हैं। बैट (BAT) शब्द में 'बी' का अर्थ है बेहोशी। जब आप नींद में जाते हैं तब वास्तव में बेहोशी में जाते हैं। आप नींद में थे, यह आपको सुबह उठकर पता चलता है।

समाधि में ऐसा नहीं होता। वहाँ आपको पता होता है कि आप समाधि में जा रहे हैं। वहाँ सिर्फ जानना होता है और उस जाननेवाले (चैतन्य) को जाना जाता है। समाधि में द्रष्टा स्वयं का दर्शन करता है यानी जाननेवाला अपने लिए स्वयं दृश्य बन जाता है। इसे निम्नलिखित उदाहरण द्वारा समझें।

आप एक आइने के सामने खड़े हैं। उस वक्त आप ही जाननेवाले हैं। उस आइने में आप अपने आपको जान रहे हैं। इसका अर्थ यह है कि दृश्य भी आप हैं, द्रष्टा भी आप हैं और आप ही दर्शन कर रहे हैं। पहले आप द्रष्टा और दृश्य

दृश्य, दर्शन, द्रष्टा

को अलग मानते हैं, बाद में दोनों एक होते हैं। जब दृश्य, द्रष्टा और दर्शन ये तीनों एक होते हैं तब समाधि की घटना होती है वरना आप जानते हैं कि विषय (Subject), वस्तु (Object) और क्रिया (Verb) तीनों अलग होते हैं। समाधि की अवस्था में दुनियाभर की चीज़ों को आप एक होकर देखते हैं। उसमें दृश्य भी आप होंगे, देखनेवाले भी आप होंगे और आप ही दर्शन कर रहे होंगे। इस तरह आपके सामने 'ट्रिनिटी (Trinity)' यानी तीन का रहस्य खुलेगा।

समाधि ही एक ऐसी अवस्था है, जिसमें तीनों एक होते हैं। उस अवस्था को दर्शन की अवस्था भी कहा गया है और इसे किसी भी नाम से जाना जा सकता है। जैसे दृश्य, द्रष्टा, दर्शन, स्वसाक्षी या चित्रकार, चित्रकला, चित्र भी कहा जा सकता है। चित्रकार ही चित्र बन गया यानी द्रष्टा ही दर्शन बन गया। नींद में समाधि की अवस्था आती है इसलिए समाधि में आप बेहोशी के साथ नहीं जा सकते।

नींद में अज्ञान और समाधि में समझ है

समाधि और नींद दोनों मिलती-जुलती अवस्थाएँ हैं। कई बार लोग ध्यान करते-करते नींद में चले जाते हैं और उन्हें पता भी नहीं चलता। जब कोई उन्हें उठाता है तब उन्हें पता चलता है कि हम नींद में थे। इंसान अकसर बेहोशी और अज्ञान से नींद में जाता है मगर समाधि में वह बेहोशी से नहीं जा सकता।

बैट में बी के बाद 'ए' आता है। 'ए' यानी अज्ञान। नींद में बेहोशी के साथ अज्ञान होता है और समाधि में समझ होती है इसलिए समाधि में आप हॉकी के साथ जाते हैं। इंसान का मन मान्यताओं का पिंजरा है और समझ उसकी चाभी है। Understanding is the key. समाधि में आप समझ के साथ, 'हाँ की' यानी हाँ की चाभी के साथ जाते हैं। हाँ यानी स्वीकार भाव। अगर आपके पास 'हाँ की (Key)' है तो आप स्वीकार भाव के साथ और इच्छा रहित होकर समाधि में जा सकते हैं।

समाधि की अवस्था में जाँच करनेवाला (चेकर) नहीं है, जो चेक करता है कि 'ऐसा हो रहा है या नहीं हो रहा है, कल जैसा अनुभव हो रहा था, वैसा आज क्यों नहीं हो रहा है।' समाधि में चाहे वैसा अनुभव हो या न हो, फिर भी आपको इच्छा रहित होकर ध्यान करना है और समाधि में जाना है। ध्यान में चाहे कुछ बातें स्वीकार हों या न हों, उससे कोई परिणाम आए या न आए मगर वहाँ आपकी उपस्थिति महत्वपूर्ण है। निरंतरता के साथ आप अभ्यास करते रहें और समाधि (महाध्यान) में जाते रहें। जहाँ पर स्वीकार भाव, समझ और ज्ञान होता है, वहाँ बेहोशी और अज्ञान नहीं होता। इससे आपको समाधि और नींद में जाते वक्त क्या फर्क होता है, यह समझ में आया होगा।

तेजस्थान के संपर्क में रहें

बैट शब्द में 'टी' का अर्थ तमोगुण है। जब आप नींद में जाते हैं तब तमोगुण के साथ जाते हैं। थकावट की वजह से भी आप नींद में जाते हैं मगर समाधि में तो आप समझ, स्वीकार, आनंद और ताज़गी (फ्रेशनेस) के साथ जाते हैं।

आलस समाधि का दुश्मन है। आलस आपको तंद्रा में लेकर जाता है इसलिए सात्विक खाना खाने के लिए कहा जाता है, जो शरीर में नींद नहीं लाता। कुछ पदार्थ ऐसे होते हैं, जिन्हें खाते ही रक्त का दबाव पेट की तरफ बढ़ जाता है, जिस वजह से इंसान को उस वक्त कुछ भी सूझता नहीं और वह नींद में चला जाता है।

लोग बैट (BAT) के साथ यानी बेहोशी के साथ नींद में जाते हैं मगर आप समाधि में जाते वक्त हॉकी (हाँ की चाभी) लेकर जाएँ और दृढ़ता प्राप्त करें। समाधि में जाकर आपको ऐसा गुर मिल जाए, जिससे आप रोज़ के जीवन में

लोगों से मिलते हुए और काम करते हुए भी तेजस्थान के संपर्क में रह सकें। तेजस्थान यानी वह स्थान जहाँ सेल्फ शरीर से जुड़ा हुआ है, जहाँ निराकार और आकार का जोड़ होता है, योग होता है। हमारे मन का एक हिस्सा हमेशा उस स्थान पर, उस ध्यान, स्वध्यान की अवस्था पर रहे।

खेल में तेजस्थान और माया दोनों पर ध्यान रखें

आप समाधि की अवस्था को एक ऐनालॉजी (उपमा) द्वारा समझें। आप एक खेल, खेल रहे हैं, जिसमें दो टीम हैं। एक टीम आपकी तरफ है और दूसरी टीम आपके सामने है। कुछ लोगों ने आपको पकड़कर रखा है और कुछ लोगों ने सामनेवाले लोगों को पकड़कर रखा है। अब दोनों भी टीम एक-दूसरे को अपनी ओर खींच रही है। रस्सा-कस्सी का खेल आप जानते हैं, उसी तरह का खेल चल रहा है। उसमें भी लोग दोनों तरफ से रस्सी अपनी ओर खींचते हैं। ठीक इसी तरह इस खेल में आप सामनेवाले का हाथ पकड़कर एक-दूसरे को खींच रहे हैं। कुछ लोग आपको पीछे खींच रहे हैं और सामनेवाली टीम के लोग आपको आगे खींच रहे हैं। अगर आपकी ताकत ज़्यादा है तो आप सामनेवाली टीम में उलझते नहीं और अगर आपकी ताकत कम है या आप कमज़ोर पड़ गए तो आप सामनेवाली टीम में चले जाते हैं। आपकी टीम तेजस्थान की है और सामनेवाली टीम माया की है।

इस खेल में आपका ध्यान सामनेवाले के हाथ पर भी होगा और उसकी ताकत पर भी होगा मगर आपको जो पीछे खींच रहा है, वह शक्तिशाली है या नहीं है, इस पर भी आपका ध्यान होगा। आपका ध्यान दोनों तरफ है यानी आपके मन का एक हिस्सा तेजस्थान पर है और दूसरा हिस्सा आपके सामने जो माया है, उस पर है।

अगर आपका ध्यान तेजस्थान पर है तो आप यह खेल जीत सकते हैं, यदि आपसे गलती हो गई और आपने जो हाथ आपको पीछे खींच रहा है, आपको माया में जाने नहीं दे रहा है, आपने उस पर ही नारियल तेल लगा दिया है, जिससे आपका हाथ छूट जाता है और आप माया में चले जाते हैं। नारियल तेल यानी जो रियल (असली) नहीं है। वह तेल आपको माया में ले जाता है। आपको यदि माया में जाने से बचना है तो अपने हाथ पर नारियल तेल लगाने की गलती से बचना है।

आपको नारियल तेल की जगह सत्य का जोड़ (हाँरियल तेल) लगाना है। आप सत्य जान रहे हैं और खुद को पहचान रहे हैं तो माया कभी जीत नहीं सकती है। इस खेल में आपका ध्यान दोनों तरफ होना चाहिए। ध्यान ऐसा तीर है, जो दोनों तरफ चलता है। जब आपका ध्यान दोनों तरफ होता है तब ही आप विश्व में कमल के फूल की तरह माया से अलग रहकर कार्य कर पाते हैं। जैसे कमल पानी के ऊपर होता है, फिर भी उससे अलग होता है। उस पर यदि पानी की बूँदें भी डाल दी जाएँ तो वे ढलक जाती हैं। वैसे ही माया में रहते हुए भी अगर आप चाहते हैं कि आप पर माया का असर न हो तो आपको अपने ध्यान को प्रशिक्षण देना चाहिए।

माया में जाते ही 'पलट तेरा ध्यान कहाँ है', यह मंत्र आपको याद आना चाहिए। आपका ध्यान सिर्फ सामने नहीं बल्कि पीछे भी होना चाहिए तभी आप यह खेल जीत सकते हैं। जब आप यह खेल भूल जाते हैं तब उसमें बहुत उलझ जाते हैं। आप सामनेवाले में जो देखते हैं, वही अज्ञान की वजह से करने लगते हैं। जब आपको सही ध्यान लगाने की कला मिल जाएगी तो आप सामनेवाले में जो आपको चाहिए, वही देखेंगे।

खण्ड 3

महाध्यान का ध्यान

12
ध्यान - मूल मान्यता का इलाज
तुम शरीर नहीं, शरीर विधि है

एक इंसान आपके बाजू में बैठकर एक घंटे तक लगातार आपका नाम लेकर गालियाँ दे रहा है। सारी गालियाँ सुनकर आपको बहुत दुःख होता है। मगर फिर भी आप धीरज के साथ शांत बैठे हैं लेकिन एक समय के बाद आपका धीरज टूट जाता है, आप उसकी बातें बरदाश्त नहीं कर पाते। तब आप उससे पूछते हैं, 'भाईसाहब, आपको क्या तकलीफ है? आप मुझे गालियाँ क्यों दे रहे हैं?' तो वह इंसान कहता है, 'मैं आपको गालियाँ नहीं दे रहा हूँ। मैं तो अपने एक रिश्तेदार को गालियाँ दे रहा हूँ, जिस पर मैं बहुत क्रोधित हूँ।' फिर आप उससे कहते हैं कि 'भाईसाइब, इतनी देर तक आप जिस नाम से गालियाँ दे रहे हैं, वह मेरा नाम है।' तब वह इंसान समझाता है कि 'मैं अपने रिश्तेदार का नाम लेकर गालियाँ दे रहा हूँ। अब आपका भी वही नाम है, यह मुझे पता नहीं और मैं तो आपको जानता तक नहीं हूँ। फिर आपको गालियाँ क्यों दूँ?' तब आपकी गलतफहमी दूर होती है। इस उदाहरण से आपने समझा कि एक गलतफहमी की वजह से आपको कितना दुःख हो रहा था। वह इंसान किसी और को गाली दे रहा था और आप सोच रहे थे कि वह आपको गाली दे रहा है। सिर्फ इस मान्यता की वजह से आपको तकलीफ हो रही थी।

ठीक इसी तरह 'मैं शरीर हूँ' इस मान्यता की वजह से इंसान को तकलीफ होती है। अपने आपको शरीर मानकर वह कई सारे अनावश्यक दुःख सहता है। जब इंसान की यह गलतफहमी दूर होगी या मान्यता टूटेगी तब वह सभी अनावश्यक दुःखों से मुक्त हो जाएगा।

भगवान बुद्ध को दुःख क्यों नहीं हुआ, भगवान महावीर दुःख से मुक्त क्यों कहलाए? बाहर से तो उन्हें शारीरिक स्तर पर कई व्याधियाँ और तकलीफें आईं मगर फिर भी उन्होंने कहा कि 'हम जाग गए हैं और दुःख मुक्त हैं। शरीर बाजू में रखा गया है और उसका होना हमें मदद कर रहा है।' यह शरीर हमें ज़्यादा मदद तब कर पाएगा जब हम अपने धर्म पर स्थापित होंगे। 'बुद्धम् शरणम् गच्छामि' यानी स्वध्यान के शरण में हम जा रहे हैं। यहाँ पर बुद्ध का अर्थ शरीर नहीं, एक अवस्था है।

कोई कहता है, 'धार्मिक बनना है' मगर ऐसे शब्दों के बार-बार इस्तेमाल से ये शब्द ही अशुद्ध हो जाते हैं, उनके असली अर्थ खो जाते हैं। लोग हिंदू, क्रिश्चियन, सिख, ईसाई ऐसे संप्रदायों को धर्म मान लेते हैं मगर धर्म का उससे संप्रदाय से कोई लेना-देना नहीं है। यह बात बहुत साफ होगी तो ही आपको समझ में आएगा कि ध्यान, स्वध्यान धर्म है। जब भी आप ध्यान शब्द का इस्तेमाल असली बात के लिए करेंगे तो उसे स्वध्यान ही समझें। जब भी आप सिद्धियों में, लोभ-लालच में या फिर अहंकार में भटकने लगेंगे तब आपका ध्यान व्यवधान बन जाता है। यदि आप इस बात को समझेंगे तो आगे ज़्यादा फायदा ले पाएँगे।

शरीर एक विधि है

विधियाँ भी हैं और विधियों का फायदा भी लेना है मगर विधि ध्यान नहीं है। विधि और शरीर मात्र निमित्त हैं। जब विधि अपना काम करना बंद कर देती है तब उसे एक और विधि देनी पड़ती है। ऐसे ही चीज़ें बढ़ती हैं। एक बात बताई गई और वह समझ में नहीं आई तो एक और बात बताई जाती है। एक ऐनालॉजी (कहानी) बताई और वह समझ में नहीं आई तो एक और ऐनालॉजी बताई जाती है।

शरीर एक विधि है और इस विधि को एक और विधि मिलती है ताकि ध्यान, ध्यान पर लौटे यानी शरीर में कुछ व्यवस्थाएँ की जाती हैं। आप अपने आप पर लौटें इसके लिए शरीर पर कुछ काम किया जाता है, उसमें कुछ अलग बदलाव लाया जाता है, जिससे आपको इशारा मिले कि 'तुम अपने आप पर जाओ।'

हर रोज़ मन की बड़बड़ हो रही थी तो आपका ध्यान अपने ऊपर नहीं जा

रहा था। अब मन कुछ नई बात पर मनन करे क्योंकि नए के साथ इंसान थोड़ा सजग हो जाता है। सुबह उठकर वैसा का वैसा मनन चलता है तो हमें उसकी आदत हो जाती है कि यह मन ऐसे ही बोलते रहता है मगर मन जब कुछ नया बोल रहा है तो उसे थोड़ा सुनते हैं। 'आज-कल मन ध्यान की बातें कर रहा है' तो आप अपने आप पर लौट सकते हैं। सभी बातों का उद्देश्य एक ही है कि ध्यान, ध्यान पर लौट जाए। फिर अभिव्यक्ति शरीर से ही दिखाई देगी।

आप अपने आप पर लौटे हैं इसलिए शरीर से होनेवाली अभिव्यक्ति देखकर आपको बहुत आनंद आएगा कि 'शरीर मेरी अभिव्यक्ति कर रहा है और जो मैं सोचना चाहता हूँ, वही यह सोच रहा है।' आप स्वयं तो ज़्यादा से ज़्यादा सोचना चाहते थे मगर आपका शरीर कम सोच रहा था। आप तो विश्व की चिंता करना चाहते थे मगर आपका शरीर सिर्फ एक दुकान और मकान की चिंता कर रहा था। आप तो पूरा आनंद लेना चाहते थे और वह थोड़े में ही खुश होकर बैठा था, सुख-सुविधा और सुरक्षा को ही आनंद मानकर बैठा था। अब वह आपकी अभिव्यक्ति करने लग गया है तो आपको यही अच्छा लगता है। अब आप यह नहीं कहते कि 'मेरा शरीर ऐसा क्यों है, वैसा क्यों है।'

इस तरह आपने समझा कि ध्यान धर्म है, आपका स्वभाव है। आप ध्यान हैं (You are Meditation) और ध्यान दौलत है। सबसे बड़ी दौलत ध्यान है क्योंकि इस ध्यान में ही चेतना अपने आप पर लौटती है और चेतना का स्तर ऊपर, उच्चतम अवस्था में पहुँचता है। जब आपको पक्का पता है कि ध्यान दौलत है तब आप उसकी चोरी नहीं होने देते।

13
शरीर से महाध्यान की तैयारी करवाएँ
ध्यान करने से पहले १२ बातें

1) सुबह या शाम के समय पर ध्यान करें

ध्यान के लिए सूर्योदय और सूर्यास्त का समय उचित है, जिसे संधि (जोड़) कहते हैं (शाम के समय को इसलिए संध्या भी कहते हैं)। यह ऐसा समय है, जिसमें न ही पेट भरा होता है, न ही खाली होता है। सुबह तक रात का खाना हज़म हुआ होता है और शाम तक दोपहर का।

सुबह और संध्या का वातावरण शांत और शीतल होता है। जिस कारण मन शीघ्र ही शांत व निर्मल हो सकता है। शुरुआत में मन की एकाग्रता के लिए, मन की अस्थिरता कम करने में ये सब बातें अति आवश्यक हैं। हम कोई एक समय निश्चित करें तो वह हमारी एकाग्रता में मदद करता है।

सुबह और शाम के समय में से सुबह का समय ध्यान के लिए ज़्यादा गुणकारी होता है। सुबह के समय में आप पूर्ण बेहोश भी नहीं होते हैं और पूर्ण जागे हुए भी नहीं होते हैं, जो ध्यान की मूल अवस्था से मिलती-जुलती अवस्था है। सुबह के प्राकृतिक वातावरण में प्राणायाम का भी फायदा होता है और शुद्ध मौसम में शुद्ध साँस लेने से दुगना लाभ मिलता है। इस वजह से ध्यान करने के लिए सुबह का समय ज़्यादा सही माना जाता है।

2) ध्यान में जाने से पहले अपनी गतिविधियाँ धीरे करें

इंसान दिनभर चलता-फिरता है इसलिए उसका दिमाग तेज काम करता है मगर ध्यान करने से पहले धीरे-धीरे काम करने की आवश्यकता होती है।

इसलिए नियम बनाया गया कि ध्यान करने से पहले अपने सारे कार्य धीमी गति से करें। अगर आप सुबह के समय ध्यान करनेवाले हैं तो ध्यान करने से १० मिनट पहले आप जो काम करते हैं, वे धीरे करें। जैसे अगर आपको अपना आसन बिछाना है तो धीरे रखें। बाकी समय पर जैसे आप जल्दी-जल्दी हड़बड़ाहट में चीज़ें उठाकर यहाँ से वहाँ रखते हैं, वैसे आपको ध्यान से पहले नहीं करना है। जब आप ध्यान की तैयारी करते हैं तब आपको जल्दबाज़ी में काम करने की आवश्यकता नहीं है।

3) ध्यान से पहले शरीर और मन को तैयार करें

ध्यान में आप अपने अंदर जाते हैं इसलिए ध्यान करने से पहले अपने शरीर को ध्यान की अवस्था में लाना बहुत ज़रूरी है। ध्यान से पहले मानसिक तैयारी भी करें। इसमें पहले खुद के मन को यह बताएँ कि 'मैं पहले हर काम जल्दबाज़ी में करता था मगर अब मैं सब काम धीरे-धीरे करनेवाला हूँ।' ध्यान से कुछ देर पहले धीरे-धीरे काम करते हुए, ध्यान के लिए आसन तैयार करते हुए, अपने शरीर को भी तैयार करें। बाकी लोगों को भी आपके बरताव द्वारा पता चल जाएगा कि 'यह इंसान ध्यान करने जा रहा है, अपने स्वध्यान पर जा रहा है इसलिए धीरे-धीरे काम कर रहा है।' वे सभी आपको सहयोग करेंगे।

4) खाली पेट ध्यान करें

सुबह उठने के बाद रात को खाया हुआ खाना हज़म हुआ होता है और पेट खाली होता है। इस वजह से ध्यान में आसानी होती है। उसी प्रकार शाम के समय पर भी दोपहर का खाना हज़म होने की वजह से खाली पेट बेहतर ध्यान हो सकता है। ध्यान में सिद्ध होने के बाद तो हर हाल में ध्यान करना संभव है।

5) ध्यान के समय पर विशेष वातावरण का लाभ लें

सुबह नहा-धोकर, ताज़े होकर, ढीले कपड़े या आपको तंग न करनेवाले कपड़े पहनकर ध्यान में बैठें। खाली दीवार के सामने बैठकर ध्यान करने से अधिक लाभ होता है। इसके साथ-साथ कुछ लोगों को प्रकृति में ध्यान करने की सुविधा हो सकती है। ऐसे लोग ज़रूर कुदरत के साथ ध्यान का लाभ लें। कई बार बाहर की प्रकृति अंदर की प्रकृति को जगाने में मदद करती है।

6) ध्यान के वक्त फोन बंद रखें

ध्यान में बैठने से पहले इस बात का खयाल रखें कि ध्यान के दरमियान मोबाईल या फोन की घंटी न बजे। अगर फोन बजने की संभावना है तो उसे पहले ही बंद करके रखें। फोन या मोबाईल की वजह से ध्यान में कोई बाधा न आए, इस बात का खयाल ज़रूर रखें।

7) **शांत वातावरण में ध्यान करें**

शांत वातावरण में अकेले बैठकर ध्यान करें। जिस स्थान पर लोग बैठकर बातचीत कर रहे हैं, वहाँ पर ध्यान करने न बैठें। जिस तरह बगुला अपनी एक टाँग पर पानी में बैठता है मगर उसका ध्यान पानी में घूमती हुई मछलियों पर होता है। देखनेवाले को लगता है कि बगुला ध्यान ही कर रहा है मगर वह तो अपना खाना ढूँढ़ने में लगा रहता है। उसी तरह ध्यान के वक्त अगर आपके आस-पास लोग बात करेंगे तो आपका ध्यान लोगों की बातों में जाएगा। आपके मन में ऐसे विचार आएँगे कि 'कहीं मेरे काम की बात तो नहीं चल रही है... मेरे बारे में कुछ भला-बुरा तो नहीं कहा जा रहा है...?' इसलिए ऐसे वातावरण को यदि टाल सकते हैं तो टालें।

8) **ध्यान के लिए एक ही आसन रखें**

जब हम हर दिन उसी समय पर, उसी स्थान पर, उसी आसन में, उसी मुद्रा में, उसी तरह की विधि के साथ, उसी तरह का ध्यान करने लगते हैं तब हमारा शरीर तैयार हो जाता है। उस स्थान या आसन पर जाने के बाद आपकी तैयारी तुरंत होती है। आपके विचार सहजता से कम होने लगते हैं। आप आसानी से विचारों को देख पाते हैं क्योंकि आपको मालूम होता है कि इस आसन पर एक ही काम होता है, दूसरा कोई काम नहीं होता। ध्यान के आसन पर बैठकर टी. वी. देखने या कोई अन्य कार्य करने से उस आसन का असर खत्म हो जाएगा। आप जिस कुर्सी पर या आसन पर रोज़ ध्यान करते हैं, उसका इस्तेमाल केवल ध्यान के लिए ही हो ताकि उस पर बैठने के बाद आपकी मानसिक तैयारी जल्द से जल्द हो जाए।

सुबह उठकर नहा-धोकर और फ्रेश होकर आपको कुछ नहीं करना पड़ता। आपका शरीर तुरंत कुछ करने के लिए तैयार होता है क्योंकि उसे मालूम होता है कि उठने के बाद काम करने ही वाला है। आपके शरीर को सुबह उठकर काम करने की आदत हो गई है। वैसे ही आपको अपने आसन के साथ आदत

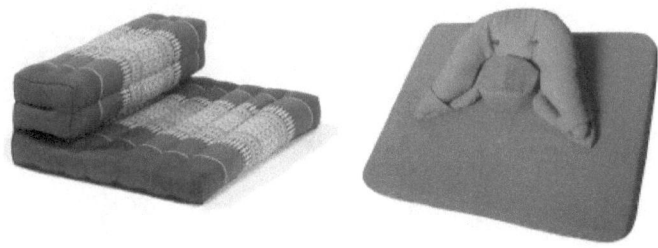

विकसित करनी है। उस आसन पर बैठने के बाद आपको केवल ध्यान ही करना है, विचारों से अलग होना है। आपको बहुत सारे अच्छे-अच्छे विचार आ सकते हैं मगर उस आसन पर बैठकर आपको उन विचारों के पीछे नहीं जाना है। उस वक्त, उस आसन पर आप ध्यान करने के लिए बैठे हैं तो आपको ध्यान ही करना है। इस तरह जब आप ध्यान करने के लिए अलग आसन बनाएँगे तब आपको वह आसन ध्यान करने में बहुत मदद करेगा।

9) ध्यान में एक मुद्रा का महत्त्व

ध्यान करते वक्त एक ही मुद्रा में बैठने के बहुत सारे फायदे हैं। ध्यान के लिए बनाई गईं अलग-अलग मुद्राएँ आपकी मदद के लिए होती हैं। आपको जिस तरह से चाहिए उस तरह से आप एक हाथ की या दोनों हाथों की मुद्रा बना सकते हैं। ध्यान करते वक्त कोई एक हाथ की मुद्रा बना सकता है ताकि संसार में चलते-फिरते, लिखते हुए या हर क्रिया में आप उस मुद्रा द्वारा जागृत अवस्था में जा सकते हैं। अगर संसार में काम करते हुए आपको चिंता सता रही है, परीक्षा में या बाहर तनाव आ रहा है तो आप इस मुद्रा का इस्तेमाल कर सकते हैं। तनाव या चिंता की अवस्था में जब आप उँगली और अंगूठा मिलाएँगे तो तुरंत अंदर वैसी अवस्था तैयार होगी। शरीर को पता नहीं होता कि वह इंटरव्यू हॉल में है या स्टेज पर है या किसी और जगह पर है। ध्यान की मुद्रा के साथ शरीर को सूचना मिलती है कि आप ध्यान में जा रहे हैं। मुद्रा की वजह से आप तुरंत ध्यान की अवस्था में शांत महसूस करते हैं। उस शांत अवस्था में आप भूली हुई बातें फिर से याद कर पाते हैं और चिंता या तनाव से भी बाहर आ पाते हैं।

निर्णय लेते वक्त भी आप इस मुद्रा का लाभ ले सकते हैं। हर मुद्रा का अपना महत्त्व है। उस मुद्रा के साथ कुछ पॉइंटस् दब जाती हैं और उससे स्वास्थ्य

भी बढ़ता है। जब आप ध्यान की अवस्था में जाते हैं तब उस अवस्था के साथ आप मुद्रा जोड़ देते हैं। ध्यान की अवस्था और मुद्रा, ये बातें एक-दूसरे के साथ जुड़ जाती हैं। ध्यान की अवस्था में वही मुद्रा और उस मुद्रा में ध्यान की अवस्था बनती है इसलिए जब आप संसार में रहते हैं और वैसी ही मुद्रा बनाते हैं तब आप अपने आप ध्यान की अवस्था में जाने लगते हैं। काम करते हुए जब आपको किसी भी घटना का सामना करना पड़ता है और तुरंत शांत होने की ज़रूरत महसूस होती है तब आप सिर्फ मुद्रा के सहारे शांत हो सकते हैं।

ध्यान करते वक्त, एक ही आसन पर हम बैठते हैं। ध्यान में हमारा शरीर ही दूसरा आसन बन जाए ऐसी तैयारी आपको करनी है। जब आपका शरीर ही आसन बन जाएगा तब भविष्य में कभी भी अगर आपको दिमाग की तरंग कम करनी है या शांत होना है तो सिर्फ मुद्रा के सहारे आप तुरंत शांत हो सकते हैं और ज़्यादा गहराई में पहुँच सकते हैं।

10) ध्यान में रीढ़ की हड्डी सीधी रखें

शरीर की अवस्था में सबसे महत्वपूर्ण चीज़ जो मानी गई है, वह है रीढ़ की हड्डी (Back Bone)। जो लोग ध्यान के मार्ग में गहराई से काम करना चाहते हैं, उसमें पकना चाहते हैं, उनके लिए यह बात अत्यंत आवश्यक मानी गई है कि ध्यान करते वक्त रीढ़ की हड्डी सीधी रखी जाए। ऐसा भी न हो कि आपकी रीढ़ की हड्डी में बहुत तनाव है या फिर रीढ़ की हड्डी इतनी ज़्यादा आराम में है कि ध्यान करते वक्त वह झुक गई। इन दोनों अतियों से बचें। ध्यान में सीधे बैठें, रीढ़ की हड्डी को थोड़ा आराम दें और दोनों अवस्थाओं का संतुलन बनाए रखें।

ध्यान में रीढ़ की हड्डी सीधी रखने का कारण यह भी है कि धरती का चुंबकीय असर पूरे शरीर पर एक जैसा होता है इसलिए दर्द नहीं होता। जब शरीर पर चुंबकीय असर कहीं ज़्यादा तो कहीं कम होता है तब शरीर में पीड़ा शुरू हो सकती है इसलिए अपने शरीर के लिए एक ऐसी पॉईंट ढूँढ़ें, जहाँ शरीर पर धरती का चुंबकीय असर समतल हो। ऐसी पॉईंट में हम बिना थके ज़्यादा देर ध्यान में बैठ सकते हैं। इस वजह से आसन का महत्त्व अधिक होता है।

11) **ध्यान में शरीर के लिए अनुकूल आसन ढूँढ़ें**

ध्यान के लिए आप कठोर ज़मीन पर कारपेट बिछाकर, उसका लाभ ले सकते हैं। अगर आप कठोर ज़मीन पर ज़्यादा समय नहीं बैठ पाते तो ऐसा आसन चुनें, जिस पर आप ज़्यादा देर तक बैठ पाएँ। हर इंसान अपने शरीर के लिए अनुकूल आसन ढूँढ़े। उस आसन में बैठकर ध्यान करते हुए मुद्राएँ बनाएँ और उनका लाभ लें। अंदर या बाहर के आसन में, सुबह या शाम के समय में, सामने दीवार हो या प्रकृति, ऐसी किसी भी अवस्था में आपको हर रोज़ एक ही समय पर ध्यान करना है। आपके आस-पास लोग हों या न हों फिर भी आपको ध्यान करना है। आपके ध्यान के समय में लोग शांत बैठे रहें या आपस में बातें करते रहें तो भी आपको ध्यान से ध्यान करना है। अगर वे बातें आपके काम की हैं तो आपका ध्यान भटक जाता है इसलिए ध्यान की शुरुआत में शांत वातावरण (मौन कक्ष) बहुत मदद कर सकता है। ध्यान की शुरुआत में इन बातों का पालन करना आवश्यक है ताकि ध्यान निरंतरता से चलता रहे।

12) **ध्यान में कम से कम २० मिनट बैठें**

जब आप शुरुआत में ध्यान में बैठेंगे तब आपके अंदर बहुत सारे विचार चलने की संभावना है। मगर जब आप निरंतरता के साथ ध्यान करेंगे तब कुछ समय उपरांत सभी विचार चले जाएँगे।

यह अवस्था आने के लिए आपको बताया जाता है कि शुरुआत में कम से कम बीस मिनट तक ध्यान में बैठें क्योंकि बीस मिनटों में से पहले पाँच-सात मिनट विचारों को स्थिर करने में ही जाते हैं। आखिरी पाँच मिनटों में यही विचार

आएगा कि 'क्या समय पूरा हो गया? अब मुझे उठना है।' इन बातों के बीच ध्यान के लिए सिर्फ पाँच-सात मिनट का ही समय बचता है इसलिए कम से कम २० मिनट का समय बताया गया है। ध्यान का समय बाद में खुद-ब-खुद बढ़े तो यह अच्छी बात है।

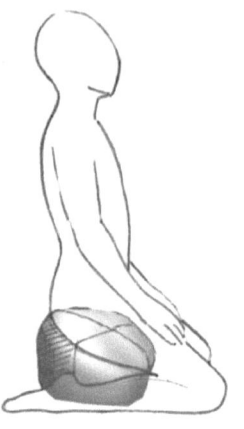

जिनके पास समय कम है या जिन लोगों को कहीं जाना होता है, उन्हें घड़ी में बज़र सेट करके ही ध्यान में बैठने के लिए कहा जाता है। लोगों को डर होता है कि अगर हम समाधि में चले गए और समय का पता न होने की वजह से 10 मिनट की जगह पर 1 घंटा हो गया तो हमारे कामों का क्या होगा? ध्यान करते वक्त अगर बार-बार घड़ी चेक करके देखी तो आप ध्यान की गहराई में नहीं जा पाएँगे। बार-बार घड़ी देखते हुए लोगों को कई बार लगता है कि बहुत समय हो गया मगर सिर्फ 5 मिनट ही हुए होते हैं। कई बार लोगों को लगता है कि बहुत कम समय हुआ है मगर हकीकत में एक घंटा हुआ होता है। इस तरह ध्यान में अलग-अलग अवस्थाएँ आती हैं इसलिए बज़र (घंटीवाली घड़ी) का इस्तेमाल करें।

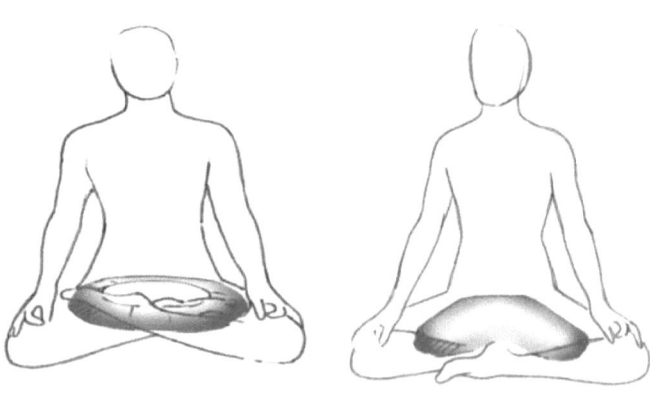

आज के युग में रिमाईन्डर मिलने के लिए बहुत सारे यंत्र उपलब्ध हैं, जिससे आपको आसानी से रिमाईन्डर मिल सकते हैं। इंसान ध्यान में लंबे समय तक बैठ सकता है या जितना समय उसने निश्चित किया है, उतना समय बैठ सकता है।

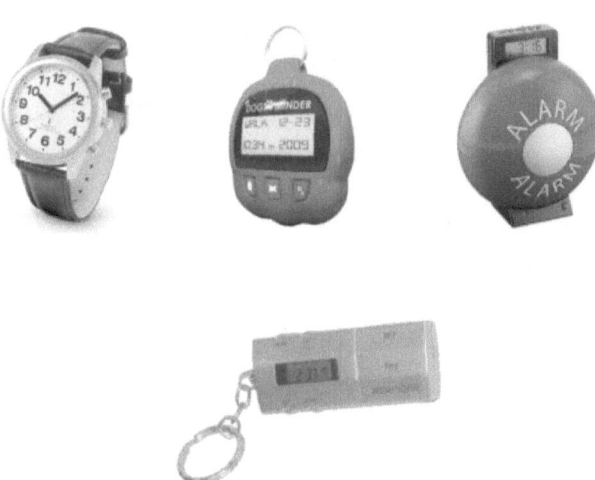

14
शरीर को महाध्यान के लिए ग्रहणशील बनाएँ
साँस, वर्णमाला, शुभ इच्छा ध्यान की विधियाँ

आपको ध्यान में जाने के लिए एक विधि दी गई है। ध्यान में बैठने के बाद आप उस विधि पर काम करते हैं और कुछ समय के बाद वह विधि भूल जाते हैं। कुछ देर के बाद आप दुबारा उसी विधि पर काम करते हैं और ऐसा करते-करते अंत में आप समाधि में पहुँच जाते हैं। ध्यान के लिए अलग-अलग विधियाँ बताई गई हैं, जैसे –

साँस की विधि :

कुछ लोग साँस की विधि करते हैं। वे साँस की जानकारी रखते हैं कि कब साँस बाहर आई और कब अंदर गई। ये विधियाँ मन को वर्तमान में स्थिर करने के काम आती हैं। विधियों का निर्माण इसलिए किया गया ताकि इनके द्वारा मन गायब हो जाए। ध्यान वर्तमान है यानी जब आप वर्तमान में होते हैं तब मन की आवश्यकता नहीं होती। वर्तमान से बाहर जाने के लिए मन की आवश्यकता होती है। वर्तमान में बने रहना यानी देखना कि वर्तमान में क्या हो रहा है... साँस अंदर आ रही है... बाहर जा रही है... धड़कन चल रही है... शरीर में कुछ महसूस हो रहा है इत्यादि। यह सब वर्तमान में हो रहा होता है। इन बातों पर ध्यान लगाते-लगाते लोग समाधि की अवस्था में पहुँच जाते हैं।

विधि से शिफ्ट होकर समाधि में जाएँ

आपका साँस के साथ चिपकाव नहीं है। साँस चल रही है तो आप उसकी फिक्र नहीं करते। साँस खुद-ब-खुद अंदर आती है और बाहर जाती है। आप

ऐसा नहीं सोचते कि एक बार साँस बाहर गई तो वापस नहीं आएगी। आपको साँस का डर नहीं होता और उसके साथ लगाव भी नहीं होता। वह चलती रहेगी, यह आपको पता है इसलिए साँस पर ध्यान देना शुद्ध विधि है। साँस आ रही है, जा रही है और हमने सिर्फ जाना कि यह अंदर गई और बाहर आई।

ध्यान में विधियों का केवल यही उद्‌देश्य है कि आप समाधि की अवस्था में पहुँच जाएँ। समाधि की अवस्था में साँस बहुत धीमी गति से चलती है और कभी-कभी यह पता भी नहीं चलता कि साँस चल रही है या नहीं। इसका अर्थ है कि विधि से शुरुआत हुई और फिर आपने विधि को छोड़ दिया। यह वैसे ही है, जैसे आपको नदी के एक किनारे से दूसरे किनारे पहुँचना है तो आपने नाव का इस्तेमाल किया। जैसे ही आप दूसरे किनारे पर पहुँचे, आपने नाव को छोड़ दिया। विधि आपके लिए नाव का काम करती है ताकि आप समाधि (दूसरे किनारे) तक पहुँच पाएँ।फिर विधि छूट जाती है और आप मौन/समाधि की अवस्था में रहते हैं।

समाधि - समय आदि

समाधि यानी समय आदि अर्थात वह अवस्था जो समय के पहले थी। संसार बनने से पहले समय नहीं था। दुनिया बनने के बाद समय महसूस हुआ इसलिए दुनिया बनने से पहले जो था, उसे समय आधि, समाधि या सम्यांत कहा गया है। जब आप सम्यांत में पहुँच जाते हैं तब समय का अंत होता है और आप समाधि में पहुँच जाते हैं। ध्यान में पहले विधि के साथ शुरुआत होती है मगर जैसे-जैसे असली बात समझ में आने लगती है तब प्रज्ञा ('मैं कौन हूँ' यह समझ) जगती है। शुरुआत में असली बात समझ में नहीं आती है।

ध्यान में सिर्फ उपस्थित रहें

नींद लाने के लिए आपको कुछ नहीं करना पड़ता। आप सिर्फ लेट जाते हैं और आपको नींद आ जाती है। मगर जो लोग नींद लाने की कोशिश करते हैं, उन्हें नींद नहीं आती।

प्रज्ञा बढ़ती है तो ध्यान में भी वैसे ही होता है। बिना कुछ किए सिर्फ ध्यान की अवस्था में बैठने से आप आसानी से ध्यान में जा पाते हैं। ध्यान की यह गहराई बढ़ाने के लिए समझ का महत्त्व बताया गया है। अगर आप ध्यान करने की कोशिश करेंगे तो ध्यान नहीं होता। मन हमेशा कोशिश करना चाहता

है इसलिए उसे विधि दी जाती है। हकीकत में विधि द्वारा दूसरा ही काम हो रहा होता है। समाधि की अवस्था को लाने के लिए वह विधि दी जाती है। ध्यान ऐसी चीज़ है कि उसकी तरफ देखते रहेंगे तो वह नहीं मिलती है। अगर मन को ध्यान द्वारा कोई विधि दी जाए तो सत्य प्राप्त हो सकता है।

यह एक तकनीक है इसलिए ध्यान में जाने की अलग-अलग विधियाँ बनी हैं। कोई इंसान अगर विधियों में ही व्यस्त रहता है और बार-बार यही देखता है कि 'क्या कुछ हुआ? क्या मैं समाधि में पहुँचा? क्या शरीर का एहसास गायब हुआ?' इस तरह के विचारों से ध्यान का मुख्य उद्देश्य सफल नहीं होता। आप जब इन सभी बातों की चिंता ही छोड़ देते हैं कि 'कुछ हो या न हो फिर भी जो बताया गया है, वह करना है' तब आप ध्यान में जल्दी उतर पाते हैं। ध्यान का यह नैक, गुर (secret) समझें कि हकीकत में ध्यान में कुछ भी नहीं करना पड़ता, सिर्फ उपस्थित होना होता है। ध्यान में इंसान की अवस्था होती है, 'मैं उपस्थित हूँ और मैं ध्यान के लिए, कृपा के लिए ग्रहणशील हूँ।' इस विचार के बाद ध्यान में बैठकर आपको कुछ नहीं करना है। जितने ज़्यादा आप खाली होते जाएँगे, उतनी जल्दी ध्यान की गहराइयों में उतरते जाएँगे।

इंसान को ध्यान में ईश्वर कृपा की चाहत होती है। उस ईश्वर की कल्पना भी इंसान के मन में होती है। अगर आप ग्रहणशील हैं तो उस आसन में, उपासना की अवस्था में आसानी से बैठ सकते हैं। आप ध्यान में इस तरह उपस्थित रहते हैं कि ईश्वर से कुछ (स्वअनुभव) आ रहा है और आप उसके लिए ग्रहणशील हैं। आपको मिलनेवाली कृपा को यदि आप बार-बार चेक करेंगे तो आप ग्रहणशील नहीं हैं, आप मन को बाहर ही लगा रहे हैं। जबकि ध्यान का मुख्य उद्देश्य ही अंदर जाना है।

जब आप सत्य संदेश सुनते या पढ़ते हैं तब ग्रहणशील होते हैं और जब आप बोलते हैं तब ध्यान को बाहर भेजते हैं। ग्रहणशील होने के लिए और जो हमें परमेश्वर की ओर से मिल रहा है, उसे अंदर जाने के लिए जितनी रुकावटें कम होंगी, उतनी जल्दी ग्रहणशीलता बढ़ेगी। इंसान का अहंकार जितना मोटा होगा, उतनी बड़ी बाधा ध्यान में बनती है। अहंकार जितना समर्पित होगा, उतना ही स्वदर्शन (आत्मसाक्षात्कार) आसान होगा। अहंकार परमेश्वर की मूर्ति के सामने खड़ा होकर कहता है, 'कहाँ है भगवान? कहाँ है ध्यान? इस मंदिर में कोई नहीं है।' जो इंसान समझदार होगा, वह कहेगा, 'ठीक है, कोई नहीं है मगर

तुम हट जाओ, तुम बाधा हो, रुकावट हो, तुम व्यवधान हो और तुम्हें हटना है।' अगर हम अहंकार से वाद-विवाद करेंगे तो उससे कभी जीत नहीं पाएँगे। अहंकार की अकड़ निकलने के लिए कृपा की ज़रूरत होती है इसलिए इंसान को ध्यान में सिर्फ उपस्थित रहने के लिए कहा जाता है।

ग्रहणशीलता का आसान आसन

ध्यान के बीच अहंकार बाधा है मगर फिर भी आप ध्यान में बैठते हैं तब कृपा होती है। कृपा होना यानी अहंकार के पीछे जो है, वह उस अहंकार की अकड़ ढीली करता है। अहंकार में इंसान की गर्दन अकड़ जाती है और इसी अकड़ को ढीला करने के लिए कृपा की आवश्यकता होती है। कृपा अहंकार के कंधे की मालिश करती है ताकि उसकी अकड़ ढीली हो जाए। उसके बाद मन आनंदित हो जाता है और शांत बैठता है। मन के चुप होने से ही परमेश्वर दर्शन (स्वदर्शन) होता है। यह दर्शन होने के लिए आपको सिर्फ उपस्थित रहना होता है, जो आसान है। कृपा आ रही है, उसके बीच में बाधा भी है मगर आप ऐसे आसन में बैठें, जिसमें आप संपूर्ण रूप से ग्रहणशील हैं। कृपा तो निरंतर आ ही रही है, सिर्फ उपस्थिति महत्वपूर्ण है। ध्यान में आपको जो मिलता है, उसके लिए आप ग्रहणशील होते हैं। ध्यान में बैठते हुए बीच में भूल गए तो खुद को याद दिलाएँ, 'मैं यहाँ और कोई कार्य करने के लिए नहीं बैठा हूँ। मैं यहाँ ग्रहणशील होने के लिए बैठा हूँ। जो मौन मेरी तरफ आ रहा है, वह लेने के लिए बैठा हूँ इसलिए मुझे सिर्फ उपस्थित रहना है।' ऐसी अवस्था में कृपा का आना ही ध्यान का सही और आसान आसन है।

15
महाध्यान
अकल है कल से मुक्ति में

'ध्यान का ध्यान महाध्यान है।' यह ध्यान वर्तमान में ही संभव है। आप ध्यान का ध्यान करना शुरू करें क्योंकि ध्यान पर ध्यान करके सच्चा ध्यान शुरू होगा। जब आप वर्तमान पर ध्यान करेंगे तब लोग आपसे पूछेंगे, 'क्या आप ध्यान कर रहे हैं?' आप कहेंगे, 'नहीं, मैं ध्यान का ध्यान कर रहा हूँ।' आपका यह जवाब लोगों को समझ में नहीं आएगा। अब ध्यान का ध्यान कैसे करना है, यह आप पूर्ण रूप से समझें। दो मिनट के लिए यह ध्यान करने के बाद आप इसका रहस्य समझेंगे। साक्षी और स्वसाक्षी क्या है, यह आप जानेंगे।

यहाँ पर दी हुई सारी सूचनाएँ पढ़ने के बाद आप यह ध्यान इस वक्त कर सकते हैं।

ध्यान का ध्यान - अभ्यास

1) इस ध्यान में आप सबसे पहले अपने चारों तरफ के दृश्य देखें। आप दृश्य तो पहले भी देखते थे, आज भी देख रहे हैं और आगे भी देखेंगे मगर फर्क क्या होगा? आज तक आप जब भी दृश्य देखते आए हैं तो आदत के मुताबिक किसी वस्तु को गौर से देखते ही नहीं क्योंकि आपके मन ने पहले से ही यह मान लिया है कि 'मैं यह वस्तु जानता हूँ, इस वस्तु का नाम मुझे पता है। यह खंभा है, यह दीवार है, यह खिड़की है, यह परदा है, यह स्टेज है, यह बटन है, यह फैन है' इत्यादि। लेकिन इस अभ्यास में आपकी नज़र आस-पास की वस्तु, दृश्य, परिसर जैसे देखती है, वैसे आपको नहीं देखना है। इस ध्यान में आपका देखना बदल जाएगा।

2) आपके चारों तरफ की हर वस्तु को आप इस तरह देखें कि जैसे उस चीज़ का नाम आपको मालूम नहीं है। इस तरह का ध्यान करते वक्त आप यह जानेंगे कि आपका देखना बदल गया है क्योंकि जब वस्तु को नाम दिया जाता है तब आपका देखना बंद हो जाता है। जब आप हर वस्तु से नाम हटा देंगे तभी आपका सही ढंग से देखना शुरू हो जाएगा।

3) किसी भी वस्तु के लिए जब आप कहेंगे कि 'इस वस्तु का नाम मुझे मालूम नहीं है' तब आप उस वस्तु को गौर से देख पाएँगे और आश्चर्य कर पाएँगे। इस अभ्यास से हर वस्तु को आप बच्चे की तरह देख पाएँगे। बच्चा हर वस्तु अलग ढंग से, बहुत आनंद और रुचि लेकर देख पाता है क्योंकि उसे उस वस्तु का नाम पता नहीं होता है इसलिए कहा गया है कि अध्यात्म यानी फिर से बच्चा बनना, फिर से आश्चर्य करना सीखना। इस आश्चर्य और अनुभव को जीवन में जल्द से जल्द लाएँ, न कि पचास साल के बाद। जब भी आप ध्यान का ध्यान कर रहे हैं तब फिर से बिना लेबल (वस्तु का नाम कहे) लगाए, सही ढंग से देखने की कला सीखें।

4) दृश्य देखते हुए यह देखें कि आपका ध्यान किस वस्तु पर अटक रहा है, कहाँ से फिसल रहा है, कहाँ टिक नहीं पाता है, कहाँ उलझ रहा है। अपने ध्यान के बारे में ये सभी बातें जानना यानी ध्यान का ध्यान करना है।

5) यह ध्यान शुरुआत में खुली आँखों से होगा और बाद में इसे बंद आँखों से करना है। बंद आँखों से आप आवाज़ों और विचारों पर ध्यान करनेवाले हैं। आपके शरीर में जो अलग-अलग भावनाएँ होंगी उन्हें बिना लेबल (नाम) लगाए, उन पर भी आपका ध्यान होगा।

6) सबसे पहले चारों तरफ आपको जो भी चीज़ें दिखाई दे रही हैं, उन्हें देखना शुरू करें। एक वस्तु पूरी तरह से देख लेने के बाद दूसरी वस्तु देखें और उसके बाद तीसरी वस्तु देखें। इस तरह से देखें जैसे आपको उस वस्तु का नाम पता नहीं है। हर वस्तु देखते हुए मन में कहें, 'यह कौन सी वस्तु है? मुझे मालूम नहीं है। मुझे सिर्फ इतना ही मालूम है कि मुझे मालूम नहीं है।' इसे तेज अज्ञान की अवस्था कहा गया है, जिसका अर्थ है 'मुझे मालूम है कि मुझे नहीं मालूम।' इस अवस्था में आपको यह ध्यान (दृश्यों को देखने का ध्यान) करना है। आपके आजू-बाजू में कौन से लोग हैं, लड़का है या लड़की है यह आप नहीं जानते, ऐसा सोचते हुए यह पूरा ध्यान करें।

7) खुली आँखों का ध्यान खत्म होने के बाद आँखें बंद करके चारों तरफ का वातावरण महसूस करें। आपके आस-पास ठंढ है या गरमी है, यह जानें। पाँव में अकड़न है या हलकापन है, शरीर में थकावट है या नींद है, यह महसूस करें।

8) खुली आँखों से हर वस्तु देखने के बाद अपना शरीर भी देखें। अपने हाथ देखते हुए यह नहीं कहना कि 'यह मेरा हाथ है।' जब आप अपना हाथ देखते हुए कहेंगे कि 'यह क्या चीज़ है, यह मुझे मालूम नहीं है' तो आप अपने शरीर को भी अलगाव से देख पाएँगे।

9) आँखें बंद करके अपने शरीर के प्रति अलगाव महसूस करें। यह महसूस करें कि आप शरीर के संग हैं, शरीर नहीं। इसका अर्थ है आप शरीर के मित्र हैं, साथी हैं। आपके शरीर में उठती हुई हर भावना अलगाव से देखें। अपनी भावनाओं के लिए भी यही कहें कि 'यह भावना क्या है, यह मैं नहीं जानता।'

10) अब अपने चारों तरफ उठती हुई आवाज़ें भी सुनें। जो भी अलग-अलग आवाज़ें चारों तरफ सुनाई दे रही हैं, उन्हें पहचानें। सूक्ष्म से सूक्ष्म आवाज़ भी पहचानें। आवाज़ें सुनते हुए आपका ध्यान एक ही आवाज़ पर न अटके। किसी आवाज़ को जान लेने के बाद तुरंत दूसरी आवाज़ सुनने का प्रयास करें।

11) बाहर की चीज़ें जान लेने के बाद अपने अंदर चलनेवाले विचार भी जानें। इस वक्त कौन से विचार चल रहे हैं? विचार बंद हो गए हैं या यह विचार है कि 'अब कोई विचार नहीं है', यह जानें।

12) दो मिनट तक इसी ध्यान में रहें, उसके बाद आँखें खोलें।

इस प्रकार से यह ध्यान करने के बाद आपको ताज़गी का एहसास होगा। आपका ध्यान क्या है? वह कहाँ दौड़ता है? किन विचारों में अटक जाता है? किन विचारों के पीछे जाता है? कौन से विचार छोड़ देता है? किन विचारों में उलझ जाता है? ये सभी बातें आप इस ध्यान में जानेंगे। इस ध्यान द्वारा आप ध्यान का ध्यान करना सीखेंगे जो बहुत ही महत्वपूर्ण है।

इस ध्यान से आपके विचारों को सही दिशा मिलेगी, बिना वजह आनेवाले विचार अपने आप खत्म होंगे। इससे आपकी एकाग्रता भी बोनस में बढ़ेगी। यह ध्यान, आज तक आपने अपने बारे में जो बातें नहीं जानीं, वे सूक्ष्म बातें जानने में आपकी मदद करेगा।

कल-कल से मुक्ति पाएँ, स्वसाक्षी के साक्षी बनें

'जो मुक्त हुआ कल से, उसके काम होते हैं अकल से।' अकल की खिड़की पर काम करना है। वर्तमान में ध्यान करना है। ध्यान का ध्यान महाध्यान, महाध्यान का ध्यान यानी स्रोत का ध्यान करना है यही परमेश्वर प्राप्ति का मार्ग है। जो भी वर्तमान में चल रहा है, उसके प्रति साक्षी बनें। साक्षी के प्रति साक्षी यानी स्वसाक्षी बनना इसलिए अध्यात्म में इसे ध्यान का ध्यान कहा गया है। अध्यात्म में यही छूटी हुई कड़ी (Missing Link) है। पूरे विश्व में बहुत सारे लोग ध्यान कर रहे हैं मगर अब तक अंतिम चरण आया ही नहीं। लोग केवल ध्यान के लाभों में ही अटक गए हैं। हालाँकि ध्यान के लाभ बहुत महत्वपूर्ण हैं मगर वहीं रुकना नहीं है, उसके आगे भी एक कदम है, जिसे समझना बहुत महत्वपूर्ण है।

साक्षी के साक्षी बनना यानी जिस स्रोत (सोर्स) से ध्यान निकलता है, वहाँ पर जब ध्यान लौटता है तब वह स्वध्यान होता है। जहाँ कोई व्यवधान नहीं, रुकावट नहीं। साक्षी के साक्षी बन गए तो ही असली ध्यान होने लगता है। जब तक हमें पता नहीं, 'मैं कौन हूँ' तब तक साक्षी का ध्यान क्या है, यह कोई भी जान नहीं पाएगा। जब आप 'मैं कौन हूँ' का ध्यान करते हैं, धीरे-धीरे अपने आप पर लौटते हैं और समाधि का अनुभव करते हैं तब आपको साक्षी का साक्षी (स्वसाक्षी) होना समझ में आएगा। नींद में आप स्वसाक्षी के अनुभव में होते हैं मगर वहाँ कोई साक्षी नहीं होता। जब वह अनुभव जागृत अवस्था में जानेंगे तब स्वसाक्षी बनेंगे। 'स्वसाक्षी' (महाध्यान) ही अंतिम अवस्था है।

हर विधि का अपना उपयोग है मगर वहाँ रुकना नहीं है, आगे भी बढ़ना है। जब आपका ध्यान बाहर है तब वहाँ आपको अटकना, भटकना या उलझना नहीं है। इसके लिए ध्यान के प्रशिक्षण की आवश्यकता है। हर दृश्य में ध्यान कहाँ अटक रहा है, यह देखें और नोट करें। अपने ध्यान के बारे में हर बात जानें। ध्यान का होश आपमें क्रांतिकारी बदलाव लाएगा।

ध्यान में तीन तरह के दर्शन करें

ध्यान करते समय तीन दर्शन करने चाहिए। पहला दर्शन - स्वयं का, दूसरा दर्शन - शरीर का, जिसका आप इस्तेमाल कर रहे हैं और तीसरा दर्शन - शरीर की इंद्रियों की वजह से दिखाई देनेवाली दुनिया का। तीनों सत्य का दर्शन ध्यान का ध्यान करने से होते हैं। शुरुआत सही हुई तो अंत सफल होता है और

शुरुआत गलत हुई तो अंत असफल होता है।

पाँच इंद्रियों के साथ जुड़ी पाँच दुनिया हैं, उनका सत्य जानते-जानते पूरा जीवन समाप्त हो जाता है। इसीलिए सत्य दर्शन करना है तो शुरुआत से शुरू करें। सबसे पहले स्वयं का सत्य, फिर शरीर का सत्य और तीसरे नंबर पर शरीर की वजह से प्रकट हुई दुनिया का सत्य।

स्वयं का सत्य, 'मैं कौन हूँ?' इस सवाल से शुरू होता है। स्वयं का सत्य जानने के लिए खुद से यह सवाल पूछें, 'मैं कौन हूँ?' सवाल भी आपको ही पूछना है और इसका जवाब भी आपको ही देना है, दोनों आपके अंदर हैं। बाहर के गुरु की उपस्थिति आपके अंदर के गुरु को जगाने के लिए है।

जब सोचने की शक्ति महसूस न हो तो केवल तेजस्थान (हृदय) पर ध्यान लगाए रखें। मन विचारों में उलझे तो सवाल पूछकर फिर से उसे लक्ष्य पर, पहले सत्य पर ले आएँ। सही कर्म से ध्यान करते हुए, सत्य का दर्शन करें।

ध्यान में स्वयं से सवाल पूछने पर कि 'मैं कौन हूँ?' असली सत्य का दर्शन होता है। फिर आपको यह समझ प्राप्त होती है कि 'अगर मैं शरीर नहीं हूँ तो मुझे कैसे जीना चाहिए?' जैसे यदि कोई राजा है और स्वयं को भूल चुका है इसलिए भिखारी बनकर जीवन जी रहा है तो सत्य याद आने पर वह पहले भीख माँगना बंद करेगा। जब आपके सामने भी सत्य प्रकट होगा तब आप उस सत्य के साथ जीवन जीना शुरू करेंगे। जब तक सत्य की अनुभूति नहीं हुई है, तब तक उसी अनुभूति को पाने के लिए ध्यान में बैठा जाता है।

जीवन की दौड़ में कुछ समय रुकेंगे तो सत्य दिखाई देगा, सजगता आएगी। ध्यान– जीवन की दौड़ में दो मिनट रुकने की कला है, ध्यान दो मिनट रुकने की क्षमता का नाम है।

16
संपूर्ण ध्यान
मैं कौन हूँ

संपूर्ण ध्यान (The Complete Meditation) हर इंसान के लिए स्नान की तरह आवश्यक है। रोज़ ध्यान करने से हमारे मन की स्लेट साफ हो जाती है। मन को केवल विचारों से भरने और उसकी स्लेट साफ न करने की वजह से तनाव का निर्माण होता है। यह ध्यान आपको तनाव से मुक्त करके स्वबोध का आनंद दिलाता है। नीचे दी गई प्रणाली द्वारा ध्यान शुरू करें। पहले यह अध्याय बार-बार पढ़कर, इस ध्यान प्रणाली को मन में अच्छी तरह बिठा दें या टेप में सारी सूचनाएँ क्रमबद्ध तरीके से रिकॉर्ड कर लें और टेप चलाकर सूचनाओं के अनुसार ध्यान शुरू करें।

1) अपनी आँखें बंद करें तथा ध्यान के आसन (सुखासन) में सही मुद्रा (ध्यान मुद्रा) में बैठें।

2) शरीर को स्थिर रखते हुए अपने चारों तरफ जो आवाज़ें चल रही हैं, उन्हें सुनें। अलग-अलग तरह की कम से कम पाँच आवाज़ों को पहचानें। जल्दबाज़ी बिलकुल न करें। शांत मन से भिन्न-भिन्न आवाज़ों को सुनकर अगली आवाज़ की तरफ अपना ध्यान लगाएँ। किसी भी आवाज़ में अटककर उसे ही सुनते न रहें। आवाज़ पहचानकर आगे बढ़ें।

3) पंखे के चलने की भी आवाज़ है तो उसके अंदर भी अलग-अलग तरह की सूक्ष्म आवाज़ें हो सकती हैं, जिन्हें ध्यान से सुनें। जैसे लोगों का वार्तालाप... बरतनों के टकराने की आवाज़... बच्चों के खेलने की आवाज़... अलग-अलग वाहनों के हॉर्न व मोटर की आवाज़... किसी

चीज़ के गिरने की आवाज़... चलने की आवाज़... टी.वी., टेप, रेडियो की आवाज़... पक्षियों की आवाज़... कुत्तों के भौंकने, जानवरों के झगड़ने की आवाज़... पानी के बहने की आवाज़... सीटी की आवाज़... हँसने या रोने की आवाज़...। जब कोई आवाज़ न हो तब मौन की आवाज़ को जानने का प्रयास करें। सन्नाटे का एहसास करें।

4) अपने चारों तरफ हर तरह की आवाज़ को पकड़ने की कोशिश करें। हवाई जहाज़ की आवाज़ है तो उसमें भी विभिन्नता है इसलिए सूक्ष्म से सूक्ष्म आवाज़ को पहचानें। अपना ध्यान चारों तरफ से आनेवाली आवाज़ों पर लगाएँ। कम से कम पाँच अलग-अलग तरह की आवाज़ें सुनें। चाहे वे स्थूल हों, मध्य हों या सूक्ष्म हों।

5) पाँच अलग-अलग तरह की आवाज़ें सुन लेने के बाद अपने आपसे कहें, 'क्या मैं ये आवाज़ें हूँ?' जवाब आएगा, 'मैं ये आवाज़ें नहीं हूँ, मैं आवाज़ों को जाननेवाला हूँ' तो अंदर पलटकर देखें यह जाननेवाला कौन है? कान का भी कान कौन है? अपने आपसे कहें, 'मैं आवाज़ नहीं हूँ।'

6) अब अपना ध्यान वातावरण पर केंद्रित करें। अपने चारों तरफ जो वातावरण है, उसे महसूस करें। जैसे गरमी है, ठंढक है, सूखा है, गीला है, शरीर हलका है, वज़नदार है या हवा में तेज़ी है या ताज़गी है या हवा कम है, यह महसूस करें।

7) अगर आपको हवा महसूस हो रही है, गरमी या सर्दी महसूस हो रही है तो अपने आपसे पूछें, 'क्या मैं यह वातावरण हूँ?' जवाब आएगा, 'नहीं, मैं यह वातावरण नहीं हूँ, मैं इस वातावरण को जाननेवाला हूँ।' फिर अपने आपको 'पलट' कहकर उस जाननेवाले को जानें।

8) अब अपना ध्यान अपने शरीर पर केंद्रित करें। शरीर में जहाँ पर आपको अकड़न या दर्द महसूस हो रहा है, उसे अनुभव से जानें। शरीर को किसी भी प्रकार से हिलने न दें।

9) पूरे शरीर में जहाँ पर हलकापन या भारीपन महसूस हो रहा है, जहाँ कपड़ा छू रहा है, हवा छू रही है, जहाँ पर खुजलाहट या सूखापन महसूस हो रहा है, जहाँ पसीना आ रहा है, जहाँ पर जलन महसूस हो रही है, वह स्थान महसूस करें। इस तरह शरीर पर या शरीर के अंदर सभी जगहों पर

होनेवाली कठोर अथवा सूक्ष्म संवेदनाओं को देखें। यहाँ पर देखें का अर्थ है, 'जानना।'

10) किसी भी तरह की कोई कल्पना नहीं करनी है बल्कि शरीर में या शरीर पर जो हो रहा है, उसे महसूस करना है। जो वर्तमान में हो रहा है, उस एहसास को भगाएँ नहीं। वह एहसास न अच्छा है और न ही बुरा है, वह जैसा है वैसे ही उसे महसूस करें। सभी संवेदनाओं को देखने के बाद और पूरे शरीर में क्या हो रहा है यह जानने के बाद अपने आपसे पूछें, 'क्या मैं ये संवेदनाएँ हूँ?' जवाब आएगा, 'नहीं, मैं ये संवेदनाएँ नहीं हूँ, मैं इन्हें जाननेवाला हूँ' तब तुरंत पलटकर उस जाननेवाले पर शिफ्ट हो जाएँ, वहाँ (अंदर) पहुँच जाएँ। अपने आपसे कहें, 'मैं यह संवेदना नहीं हूँ।'

11) अब अपना ध्यान अपनी साँस पर केंद्रित करें। साँस कैसे चल रही है, यह सहजता से देखें। किस नासिका से साँस अंदर आ रही है और किस नासिका से वह बाहर जा रही है, यह महसूस करें। जब साँस अंदर आ रही है तब आपको पता चल रहा है कि साँस अंदर आ रही है। जब साँस बाहर जा रही है तब भी आपको पता चल रहा है कि साँस बाहर जा रही है।

12) जब साँस आपके नाक से जाकर अंदर नासिका के द्वार पर टकरा रही है तब आपको उसका एहसास हो रहा है, साँस का टकराना महसूस हो रहा है। अंदर आनेवाली और बाहर जानेवाली साँस गरम है या नहीं है, यह जितना गहराई में जान सकते हैं, उतना जानते रहें।

13) अगर आपका ध्यान बीच में भटक जाए तो उसे वापस साँस पर लेकर आएँ। साँस अंदर आवाज़ करते हुए गई या बिना आवाज़ के गई, बाहर आवाज़ करते हुए लौटी या बिना आवाज़ करके लौटी, यह भी जानें। साँस सूक्ष्म है, गहरी है, उथली है या भारी है, साँस जैसी भी है उसे बिना कोई लेबल लगाते हुए जानते रहें। शरीर को कम से कम हिलाते हुए साँस को जानें।

14) साँस चंद्र नाड़ी-नासिका से जा रही है या सूर्य नाड़ी-नासिका से जा रही है, वह बायीं है या दाहिनी है, यह जानते रहें। इस तरह आप ध्यान की तैयारी कर रहे हैं और स्वध्यान की ओर जा रहे हैं। अपने आपसे पूछें,

'क्या मैं यह साँस हूँ?' जवाब आएगा, 'नहीं, मैं यह साँस नहीं हूँ, मैं साँस को जाननेवाला हूँ।' अब उस जाननेवाले को जानें और अपने आपसे कहें, 'मैं साँस नहीं हूँ।'

15) अब अपना ध्यान साँस से हटाकर अपने अंदर उठनेवाले विचारों को देखने में लगाएँ। इस वक्त मन में जो विचार उठ रहे हैं, उन्हें जानें। एक विचार को जानने के बाद मन में जो अगला विचार आएगा, उसे जानें। पहलेवाले विचार को जानने की कोई आवश्यकता नहीं है। एक विचार को देख लेने के बाद कहें, 'अगला (Next)।'

फिर यदि यह विचार आए कि 'कोई विचार ही नहीं आ रहा है।' तब यह समझ जाएँ कि यह भी एक विचार है। इसे देख लेने के बाद कहें, 'अगला (Next)।' जैसे-जैसे आप विचारों को देखते जाएँगे, वैसे-वैसे विचारों से अलगाव का आनंद भी ले पाएँगे। मन में जो भी विचार आ रहे हैं, उन्हें जानते हुए अपने आपसे पूछें, 'क्या मैं यह विचार हूँ?' जवाब आएगा, 'नहीं, मैं यह विचार नहीं हूँ, मैं तो इस विचार को जाननेवाला हूँ।' अब उस जाननेवाले को जानें। बिना शरीर हिलाए विचारों को जानें और अपने आपसे कहें, 'मैं यह विचार नहीं हूँ।'

16) अब अपना ध्यान हाथों पर केंद्रित करें। हाथों में कैसा महसूस हो रहा है, यह जानें। अपना ध्यान अपनी बाहों में ले जाएँ और वहाँ आपको कौन सा अनुभव महसूस हो रहा है, उसे जानें। जैसे कि आपको अपनी बाहें महसूस नहीं हो रही हैं या वज़नदार महसूस हो रही हैं, हलकी महसूस हो रही हैं। जो भी महसूस हो रहा है, उसे जानें। अपने आपसे पूछें, 'क्या मैं ये हाथ हूँ?' जवाब आएगा, 'नहीं, मैं ये हाथ नहीं हूँ, मैं इन्हें जाननेवाला हूँ।' फिर तुरंत पलटकर उस जाननेवाले को जानें, जो इन हाथों को जान रहा है। यदि आप अपने आपको न भी जान पाए तो भी बिना निराश हुए ध्यान को जारी रखें।

17) अब अपना ध्यान दोनों पैरों पर लेकर जाएँ। यदि आप हाथ नहीं हैं तो आप कौन हैं, यह जानने के लिए अपना ध्यान पाँव पर लेकर जाएँ। आपको अपने पाँव महसूस हो रहे हैं या नहीं हो रहे हैं, उसमें दबाव या हलकापन महसूस हो रहा है या नहीं हो रहा, यह जानें।

18) अच्छे-बुरे का लेबल न लगाते हुए अपने आपसे पूछें, 'क्या मैं ये पाँव हूँ?' जवाब आएगा, 'नहीं, मैं इन्हें जाननेवाला हूँ।' तब उस जाननेवाले को जानें। अपने आपसे कहें कि 'मैं पाँव नहीं हूँ।' यदि आप पाँव नहीं हैं तो आप कौन हैं? अपने आपसे यह सवाल पूछें।

19) यह जवाब जानने के लिए अपना ध्यान अपनी पीठ पर लेकर जाएँ। पीठ कैसी महसूस हो रही है, यह जानें। कंधे से लेकर कमर तक हलकी, वज़नदार, दुखाव या दबाव, जैसा भी महसूस हो रहा है, उसे जानें। अपने आपसे पूछें, 'क्या मैं यह पीठ हूँ।' जवाब आएगा, 'नहीं, मैं इस पीठ को जाननेवाला हूँ।' पलटकर उस जाननेवाले को जानें और अपने आपसे कहें, 'मैं यह पीठ नहीं हूँ।'

20) अब अपना ध्यान धड़ पर ले आएँ, हृदय पर ले आएँ और पूरे हिस्से में कैसा महसूस हो रहा है, यह जानें। अपने आपसे पूछें, 'क्या मैं पेट हूँ? क्या मैं हृदय हूँ? क्या मैं गर्दन हूँ? क्या मैं कंधा हूँ? और अगर मैं ये सब नहीं हूँ तो मैं कौन हूँ? मैं इन सबको जाननेवाला हूँ' तो तुरंत पलटकर उस जाननेवाले को जानें।

21) अब अपना ध्यान अपने चेहरे पर केंद्रित करें। यदि आप धड़ नहीं हैं तो अपने चेहरे को महसूस करें। आपको अपना चेहरा महसूस हो रहा है या नहीं हो रहा है, चेहरे पर हलकापन या पसीना महसूस हो रहा है या नहीं हो रहा है, यह चेहरे के चारों तरफ से जानें। आँखों पर दबाव है या आँखें हलकी महसूस हो रही हैं, यह जानें। फिर अपने आपसे पूछें, 'क्या मैं यह चेहरा हूँ?' जवाब आएगा, 'नहीं, मैं इस चेहरे को जाननेवाला हूँ।' पलटकर उस जाननेवाले को जानें।

22) अपने आपसे कहें, 'मैं यह चेहरा नहीं हूँ, मैं यह शरीर नहीं, शरीर के अंग मैं नहीं, शरीर में चलनेवाली साँस मैं नहीं, शरीर के अंदर का मन मैं नहीं, विचार मैं नहीं तो मैं कौन हूँ? मैं इन्हें जाननेवाला हूँ। मैं स्व का ध्यान करने के लिए और स्व को जानने के लिए शरीर के साथ जुड़ा हूँ।' जैसे ही आपको यह समझ मिलेगी तो आपका शरीर से चिपकाव टूट जाएगा। आप शरीर का इस्तेमाल करेंगे, न कि शरीर आपका। कुछ देर बाद इसी अवस्था में रहते हुए आँखें खोलें।

23) आँखें खोलने के बाद इसी अनुभव में बाहर टहलने जाएँ। शरीर को चलते हुए, काम करते हुए देखें।

इस अनुभव में हमें जो समझ मिली, जो ताज़गी, आंतरिक शक्ति हमने प्राप्त की, जो शिफ्टिंग (बदलाहट) हमें मिली, उस पर ज़रूर मनन करें। संपूर्ण ध्यान के साथ जो सीखा, समझा उस पर भी मनन करें। यह समझ, यह प्रज्ञा आपको रूपांतरित करके स्वबोध में स्थापित करेगी।

17
गहरी ध्यान विधियाँ
स्वयं को पहचानने की ओर

1. निर्विचार अवस्था ध्यान

विचारों के पार जाने के लिए आइए, निर्विचार ध्यान करने की विधि सीखें।

1) ध्यान में बैठने से पहले नियोजित समय का बज़र लगाएँ। उसके बाद ध्यान के लिए चुने हुए आसन और मुद्रा में, आँखें बंद करते हुए बैठें।

2) ध्यान की शुरुआत करने से पहले पूर्व तैयारी कर लें।

3) ध्यान के दौरान आँखें बंद होने से अंदर का खालीपन प्रकट होने में मदद मिलती है।

4) ध्यान के दौरान मन को सूचित करें कि 'इस वक्त मैं ध्यान में खाली होने के लिए बैठा/बैठी हूँ।

5) इस वक्त आप अपनी मूल अवस्था में बैठे हैं, जहाँ ध्यान की यह समझ प्रखर है कि आप शरीर नहीं हैं। आप शरीर नहीं हैं तो जो हैं, वह क्या है? वह अवस्था कैसी है? उस अवस्था में कौन से आयाम दिखाई देते हैं? निर्विचार आयाम, जहाँ पता चलता है कि विचार आपको नहीं आ रहे हैं। विचार उस यंत्र में आ रहे हैं, जिसके सामने आप बैठे हैं। यह समझ रखते हुए ध्यान की गहराइयों में जाएँगे।

6) ध्यान में बंद आँखों से अपनी मूल अवस्था, अपने होने की अवस्था को जानेंगे। ध्यान की यही खूबसूरती है। दिनभर सारे कार्य करते हुए हम

अपनी ही अवस्था को भूल जाते हैं। हम ऑफिस में कर्मचारी, घर पर भाई-बहन, पति-पत्नी, बच्चों के सामने माँ-बाप, बाहर पड़ोसी और बाज़ार में ग्राहक बन जाते हैं। मौन में प्रवेश करते ही हमारी मूल अवस्था प्रकट होती है। जो लोग ध्यान में यानी अपने अंदर के मौन कक्ष में नहीं जाते, वे किस बात से महरूम रह जाते हैं, यह उन्हें पता नहीं होता।

7) ध्यान में अपने विचारों को देखते हुए खुद को कहें कि 'मैं निर्विचार अवस्था हूँ। शरीर में जो विचार चल रहे हैं, वे मेरे सामने हैं। उनकी वजह से मुझे अपना अनुभव हो रहा है। अपने होने का अनुभव, अपने ज़िंदा होने का एहसास हो रहा है।'

8) इस समझ के बाद शरीर में उठनेवाले विचारों को देखें कि 'क्या ये सचमुच चल रहे हैं या मुझे ऐसा लग रहा है?' जैसे दो पेड़ों के बीच में कोई आकृति तैयार होती है तो क्या वह आकृति सचमुच होती है या हमें उसका आभास होता है? इस समझ के साथ ध्यान में बैठें और जो विचार आए उन्हें साक्षी भाव से जानते रहें। ध्यान में यदि आपको ऑफिस के विचार आएँ तो कहें, 'मुझे लग रहा है कि ऑफिस के विचार चल रहे हैं... मैं ये विचार नहीं हूँ बल्कि मैं इन्हें जाननेवाला हूँ।'

9) ध्यान में खुद से कहें कि 'इस वक्त मुझे फलाँ इंसान के विचार आ रहे हैं, जो विचार हकीकत में नहीं हैं। वह विचार लग रहा है, महसूस हो रहा है, उस इंसान का चेहरा भी दिखाई दे रहा है लेकिन वास्तविक वह विचार नहीं है, सिर्फ लग रहा है।' आप निर्विचार अवस्था हैं। आपकी मूल अवस्था (बॉटम लाइन) यही है कि आप पहले से ही निर्विचार हैं।

10) निर्विचार अवस्था में बैठे रहें और आनेवाले हर विचार पर खुद को याद दिलाएँ कि विचार आ रहे हैं, ऐसा लग रहा है मगर विचार है ही नहीं। आपको लग रहा है कि भूतकाल या भविष्यकाल के विचार चल रहे हैं मगर ऐसा नहीं है। सच्चाई यह है कि वह विचार है ही नहीं, आप पहले से ही निर्विचार अवस्था हैं।

लोग निर्विचार होने के लिए साधनाएँ करते हैं, अलग-अलग विधियों का सहारा लेते हैं। जबकि आप पहले से ही निर्विचार अवस्था हैं। ऐसा लगता है कि यह विचार आया है तो भले ही लगे लेकिन दृढ़ता के कारण अब

वह आपको उलझाए नहीं। आप खुद को कहें, 'यह लग रहा है, है नहीं।' जैसे अंधेरे में टँगा हुआ कोट किसी इंसान के होने का आभास देता है, किसी चोर के होने का आभास देता है लेकिन ऐसा होता नहीं है।

11) ध्यान में विचार आएगा, 'अरे! कोई विचार ही नहीं आ रहा' तो कहें कि 'लगता है कि यह विचार आया है कि कोई विचार ही नहीं आया लेकिन ऐसा है नहीं।'

12) आगे विचार आए कि 'कितना मज़ा आ रहा है।' तब आप कहें, 'ऐसा लगता है कि मज़ा आ रहा है का विचार आया, मगर यह है नहीं।' इस समझ के साथ इन विचारों को विलीन होने दें।

13) विचार आए कि 'मुझे समझ में नहीं आ रहा' तो खुद से कहें, 'मुझे लगा कि यह विचार आया कि मुझे नहीं समझ में आ रहा मगर वह विचार था ही नहीं।' अपनी अवस्था का आनंद लें। रेगिस्तान में पानी दिखता है मगर होता नहीं है। यह समझ में आ गया तो भाग-दौड़ खत्म हो जाती है। उसी तरह जो विचार चल रहे हैं, वे हैं ही नहीं, यह जब समझ में आ जाता है तब उन विचारों को लेकर चलनेवाली परेशानी समाप्त हो जाती है।

14) विचार आया कि 'कितना अच्छा ध्यान है' तो खुद को कहेंगे, 'मुझे लगा कि यह विचार आया कि कितना अच्छा ध्यान है, जो है नहीं।'

15) बोरडम की भावना आए तो खुद से कहें, 'मुझे लग रहा है बोर हो रहा है, जो है नहीं', 'लग रहा है नींद आ रही है, है नहीं।'

16) निर्विचार ध्यान चलने दें। शरीर में कोई दर्द हो तो खुद को बताएँ कि 'इस दर्द का दुःख अगर महसूस होता है तो वह असल में है नहीं।'

17) यदि कोई सवाल उठे कि 'यह करने से क्या लाभ?' तो खुद को याद दिलाएँ कि 'मुझे लगा कि यह सवाल उठा, हकीकत में कोई सवाल नहीं है', हर सवाल से मुक्त हों। आप ही जवाब हैं... निर्विचार अवस्था ही जवाब है।

18) अंदर कोई गाना चले, कोई कल्पना उठे तो खुद को याद दिलाएँ कि 'मुझे लगा यह गाना चला, ऐसी कल्पना उठी लेकिन है नहीं। मैं पहले से ही निर्विचार अवस्था हूँ।

इस ध्यान को कुछ समय चलने दें, उसके बाद ही आँखें खोलें।

इस ध्यान के जरिए आपने निर्विचार अवस्था में रहना सीखा। जब भी मन में विचारों का तूफान उठे तो उससे यह ध्यान जरूर करवाएँ।

2. मैं कौन हूँ? 'हूँ', खुली आँखों से ध्यान

यह ध्यान खुली आँखों से भी किया जा सकता है। यदि आप पूरी तरह से जाग चुके हैं तो। वैसे आपने आँखें बंद करके सोना तो सीख लिया है लेकिन अब आँखें बंद करके जागना सीखना बाकी है। आपने आँखें बंद करके सपने देखना तो सीख लिया लेकिन अभी आपका आँखें खोलकर सपने का सत्य जानना बाकी है।

ध्यान में आँखें बंद करके स्वअनुभव को जाना जा सकता है। अगर आपको ध्यान की समझ नहीं है तो साँस की कोई भी विधि लेकर कार्य करते रहें। यदि ध्यान की समझ है तो एक सवाल के साथ भी ध्यान की शुरुआत की जा सकती है।

1) ध्यान में बैठने से पहले नियोजित समय का बज़र लगाएँ। उसके बाद ध्यान के लिए चुने हुए आसन और मुद्रा में आँखें बंद करके बैठें। ध्यान के दौरान आँखें बंद होने से अंदर का खालीपन प्रकट होने में मदद मिलती है।

2) ध्यान की शुरुआत में पूर्व तैयारी के रूप में स्वयं से कहें, 'अब मैं 'मैं कौन हूँ?' का ध्यान करने जा रहा/रही हूँ। मैं चाहता/चाहती हूँ कि मैं इस ध्यान का पूरा लाभ ले पाऊँ। मुझे विश्वास है कि मेरे आस-पास की सभी वस्तुएँ, वातावरण और लोग इसमें मेरी पूरी सहायता करेंगे। अतः सभी के सहयोग के लिए उनका बहुत-बहुत धन्यवाद।' अब धन्यवाद के भाव में ध्यान की शुरुआत करें।

3) अपनी आँखें बंद रखते हुए ध्यान आरंभ करें। खुद से यह सवाल पूछें कि 'वह कौन था जो आज तक जीता आया है?' 'Who was that?' कुछ देर तक स्वयं से यह सवाल पूछते रहें।

यह सवाल पूछते ही आपको समझ में आएगा कि बचपन से लेकर आज तक आप खुद को क्या मानकर जी रहे थे। जो जी रहा था, वह कौन था? 'Who was that?'

4) यह सवाल पूछते ही आपके अंदर से अलग-अलग जवाब आने शुरू होंगे। इन जवाबों को देखते जाएँ, सुनते जाएँ, समझते जाएँ।

5) 'Who was that?, वह कौन था?' खुद से यह सवाल पूछने पर आपको अपनी हर एक मान्यता सामने दिखाई देगी।

'आप कौन थे?' प्रेम... आनंद... मौन... या खुद को अलग माननेवाला अहंकार। इसका जवाब मिलने के बाद आपको 'मैं कौन हूँ?' का एहसास होगा।

6) गहराई से ध्यान करते रहें।

7) फिर खुद से अगला सवाल पूछें, 'Who am I now? इस वक्त मैं कौन हूँ?' यह अपने अनुभव से जानें। अपने होने के एहसास को जानकर जानें।

8) ध्यान में 'मैं इस वक्त कौन हूँ?' का जवाब अनुभव को महसूस करते हुए ही दिया जा सकता है। अपने जिंदा होने के एहसास पर बने रहें।

9) 'Who are you now? इस वक्त आप कौन हैं?' स्वयं यह सवाल पूछते रहें और अहंकार से पार... स्वअनुभव पर पहुँच जाएँ। अनुभव को जानते हुए खुद से कहें, 'I am this यह मैं हूँ।' आपका यह इशारा असल में अनुभव की तरफ है।

10) अब कुछ देर इसी अनुभव में बने रहें।

11) 'I am this' के अनुभव को जानते हुए धीरे-धीरे अपनी आँखें खोलें।

जैसे हूँकार में 'अ' जुड़ने से वह अहंकार हो जाता है, वैसे ही छोटे से बदलाव से इंसान भी बदल जाता है और स्वयं को भूल जाता है। एक पद मिल गया... लॉटरी लग गई... किसी ने थोड़ी सी तारीफ कर दी... हाथ से कोई अच्छा रचनात्मक निर्माण हुआ... तो इंसान स्वयं को भूल जाता है। इसलिए उसे बार-बार स्वयं को याद दिलाने की आवश्यकता पड़ती है। आपके द्वारा कुछ अच्छी बातें होनी, किसी कृपा से कम नहीं है। कोई युक्ति आपकी बुद्धि से गुज़र रही है तो उसमें आपका अहंकार नहीं बढ़ना चाहिए। क्योंकि हर विचार का एक ही मकसद है- आपको स्वाभिमान से स्वभान (स्व जो जानने) तक ले जाना। यदि वह नहीं हो रहा है तो उस विचार का निम्न फायदा ही लिया जा रहा है।

मान लीजिए आपकी कोई प्रिय वस्तु है, जो गलती से टूट गई। उसके टूटने से आपको कितनी तकलीफ हुई, उससे पता चलता है कि आप उस चीज़ के साथ कितने चिपके हुए थे। उसमें 'मेरा' का भाव कितना ज़्यादा था। किसी और का मोबाईल गुम हो गया तो आप उससे कहते हैं कि 'सही जगह पर क्यों नहीं रखते हो' लेकिन अपना मोबाईल खो जाए तो एक अलग ही कहानी शुरू हो जाती है। 'मेरा' शब्द जुड़ते ही चीज़ें बदल जाती हैं। यह जागृति के लिए है कि मेरा, मुझे, मैं का इस्तेमाल कहाँ किया जा रहा है। अहंकार, जो स्वयं को अलग मानकर जी रहा है, उसे तोड़ने के लिए आप सत्य श्रवण करते हैं तो पता चलता है कि गलती कहाँ हो रही थी।

फिर आप आँख खोलकर जब दुनिया में प्रवेश करेंगे तो आपको स्वाभिमान महसूस होगा। मगर याद रहे, आपको स्वाभिमान में भी अटकना नहीं है। जब आप सही समझ और ज्ञान पाकर इससे भी आगे बढ़ते हैं तब आप स्वभान में स्थापित होते हैं।

ध्यान के इस खण्ड का अंत अवश्य यहीं है परंतु आप अपनी ध्यान की इस यात्रा को निरंतर आगे बढ़ाते रहें।

नोट : यदि आप ऐसी अन्य गहरी ध्यान विधियों पर काम करना चाहते हैं तो पढ़ें पुस्तक 'ध्यान नियम'। यदि आप ध्यान को और गहराई से समझना चाहते हैं तो पढ़ें पुस्तक 'ध्यान दीक्षा'। यदि आप ध्यान पर आए सवालों के जवाब प्राप्त करना चाहते हैं तो पढ़ें पुस्तक 'ध्यान २२२ सवाल'। ये सारी पुस्तकें तेजज्ञान ग्लोबल फाउण्डेशन द्वारा प्रकाशित की गई हैं।

search 'U R Meditation, Sirshree' app on your appstor (Android Play Store and Apple Apps Store)
https://play.google.com/store/apps details?id=com.wowppl.urmeditation

खण्ड 4

धन का ज्ञान

18
उन्नति का रहस्य
जीवन की दूसरी अति - धन

'आप जो देते हैं, उससे आपको लाभ मिलता है यानी आपका विकास होता है मगर जो आप लेते हैं उससे मात्र गुज़ारा होता है।' इंसान सोचता है कि जब वह कुछ लेगा तो उसका विकास होगा, उन्नति होगी मगर आप जो देते हैं, उसी से विकास होता है। उपर्युक्त पंक्ति का आपने अपने जीवन में अनजाने में उपयोग भी करके देखा है। इसके साथ एक और बात जुड़ी हुई है, वह है, 'आप वही दे सकते हैं, जो आपके पास अमानत है।' अपनी चीज़ देंगे तो वह लौटकर कई गुना बढ़कर वापस आएगी।

धन की अति

पृथ्वी पर प्रेम, साहस, निडरता, ध्यान, समय और सेहत की दौलत भरपूर है। इंसान को ये अलग-अलग दौलतें दी गई हैं। यदि वह इनमें से कोई दौलत प्राप्त नहीं करता और केवल पैसा कमाना ही अपना लक्ष्य मान लेता है तो जीवन के अंत में वह बड़ा पछताता है। उन्नति का रहस्य आपको स्पष्ट रूप से बताता है कि पैसा आपके जीवन में कैसे आए। इस रहस्य का उपयोग करने के बाद आपके जीवन में पैसा बढ़ेगा और आपका विकास होगा। आपके पास देने के लिए क्या है? अगर आप सोचेंगे तो आपको पता चलेगा कि आपके पास प्रेम, समय, बल, ध्यान और पैसा है। ये चीज़ें आपके पास जितनी भी हैं, उनमें से आपको एक हिस्सा अपने आपको देना है।

इस रहस्य में आपको समझना है कि आपके पास क्या अमानत है? आपको क्या देना है? आपके जीवन में जो चीज़ें आ रही हैं, उसका प्रतीक पैसा

है। पैसा चीज़ों की लेन-देन में सहजता लाता है। लोग पुराने समय में गेहूँ के बदले में चावल दे दिया करते थे, बोरी लेकर घूमते थे। आज लोग बोरी के बजाय पैसे लेकर घूमते हैं इसलिए लेन-देन में आसानी हुई है। पैसा आसानी और सुविधा के लिए था मगर आज लोग पैसे की पहचान भूल गए हैं। शुरुआत में पैसा रास्ता था, जो आज मंज़िल बन गया है।

19
धन की मान्यताएँ
वरदान अभिशाप न बने

जिस तरह इंसान के धर्म, कर्म और देश की परिभाषा अलग है, उसी तरह हर एक के लिए पैसे की परिभाषा व समझ भी अलग-अलग है। लोग अपनी भाषा-परिभाषा के अनुसार भिन्न-भिन्न शब्द इस्तेमाल करते हैं। अलग-अलग शब्दों से पैसे के बारे में गलत-सही मान्यताएँ बनती रहती हैं इसलिए लोग पैसे की चर्चा लगातार अपने तरीके से करते आए हैं।

हर इंसान पैसे के बारे में किसी न किसी भ्रम में फँसा हुआ है। यह भ्रम यकीन में बदलता है, यकीन हकीकत में बदलता है और हकीकत समस्या में बदलती है। ज़्यादा पैसे कमाने से कोई अमीर नहीं बनता। इंसान अमीर बनता है, पैसे के बारे में गहरी समझ प्राप्त करके। पैसे की समझ मिलते ही आपकी पैसे की समस्या खत्म होने लगती है। आइए, जानें कि पैसे के बारे में जन-साधारण लोगों के मन में कौन-कौन सी मान्यताएँ घर कर चुकी हैं।

पैसे की मान्यताएँ

पैसे के बारे में लोगों के मन में बहुत सारी मान्यताएँ होती हैं। उनमें से कुछ मान्यताएँ इस प्रकार हैं :

1) पैसा शैतान है, बुरा है।
2) पैसा भगवान है, सब कुछ है।
3) पैसा आता है तो इंसान अध्यात्म से दूर हो जाता है।

4) पैसा आता है तो दोस्ती टूट जाती है। (अगर किसी ने पैसे नहीं लौटाए तो दोस्ती टूट सकती है।)

5) पैसे से सब कुछ खरीदा जा सकता है।

6) ज़्यादा पैसा कमाएँगे तो अमीर बनेंगे।

पैसे की ये सभी मान्यताएँ टूटें क्योंकि पैसे से सब कुछ खरीदा नहीं जा सकता। इसलिए कहा जाता है कि 'वह इंसान बहुत गरीब है, जिसके पास सिर्फ पैसा है।' जीवन में केवल एक ही दौलत नहीं है, अनेक प्रकार की दौलतें हैं। आपको वे सभी दौलतें प्राप्त करनी हैं।

समृद्धि के महावृक्ष का एक बीज

आपको यह नियम बनाना है कि अगर आपके पास दस हज़ार रुपए आएँ तो कहें कि मेरे पास सिर्फ नौ हज़ार रुपए आए हैं। उन दस हज़ार रुपयों में से एक हज़ार रुपए आपके लिए समृद्धि का बीज है। जब आप यह रहस्य समझेंगे तब समृद्धि का महावृक्ष बना पाएँगे, उस पेड़ की छाया में चैन की नींद सो पाएँगे, आराम से आनंद लेंगे, सत्य पर मनन और अमल कर पाएँगे।

यह नियम लागू करने के लिए आपके पास कितने पैसे हैं, इससे आपको कोई फर्क नहीं पड़ेगा, फिर वे दस हज़ार हों या सौ रुपए हों। आपके पास सौ रुपए भी हैं तो आपको उसके दस हिस्से करने हैं और उनमें से दस रुपए खुद को देने हैं। उन दस रुपयों के लिए आप कहें – 'यह मेरी जायदाद है, यह मेरी समृद्धि का खज़ाना है।' ऐसा न कहें कि दस रुपए का क्या खज़ाना? उसे खज़ाना यह नाम भी कैसे दें? ऐसा लगने के बावजूद भी उन दस रुपयों को खज़ाना ही कहें क्योंकि यही समृद्धि के वृक्ष का बीज है। इससे ही आगे का रास्ता खुलेगा। लोग बचत की आदत नहीं डाल पाते हैं या उनके माता-पिता से उन्हें बचत की आदत नहीं मिलती है इसलिए वे हमेशा पैसे की तंगी महसूस करते रहते हैं।

पैसे की समस्या

जो इंसान सत्य की राह पर चल रहा है, उसके लिए पैसों का सही इस्तेमाल करना बहुत आवश्यक है वरना उसका पूरा समय बाहर की बातें सुलझाने के लिए चला जाता है और वह सत्य की राह पर चल नहीं पाता। कई लोग पैसे कमाने में लग गए तो वापस सत्य की राह पर लौटे ही नहीं क्योंकि उन्हें कभी

भी संतुष्टि महसूस नहीं होती है। उन्हें कभी नहीं लगता कि उन्होंने भरपूर पैसा कमाया है और अब वे अध्यात्म में जा सकते हैं। उनके पास भरपूर पैसे होने के बावजूद, वे अभाव की भावना में ही जीते हैं।

पैसे की समस्या = गलत व्यसन + लापरवाही + सुस्ती - समझ

जो लोग व्यसनमुक्त हो जाते हैं, लापरवाही से ऊपर उठते हैं, अपनी सुस्ती पर काम करते हैं, तमोगुण मिटाने लगते हैं और पैसे की समझ बढ़ाते हैं, उनकी पैसे की समस्या सुलझ जाती है वरना पैसे की समस्या ज़िंदगीभर साथ रहती है। आपके साथ यह समस्या न हो उसके लिए अपने समय, प्रेम और पैसे के दस हिस्से बनाकर, एक हिस्सा बाजू में रखें। उस हिस्से के लिए ऐसा समझें, जैसे यह पैसा आपका नहीं है वरना लोग पहले बचत करते हैं और फिर बचे हुए पैसे पार्टी में उड़ा देते हैं। इस तरह वे फिजूल खर्च में पूरा पैसा गँवा देते हैं। कुछ लोग बचत की शुरुआत तो करते हैं मगर जीवन में कोई खुशी का मौका आता है तो उन्हें लगता है कि ज़ोरदार पार्टी होनी चाहिए, यह लाना चाहिए, वह लाना चाहिए। ऐसी पार्टियों में वे लोग अपनी पूरी बचत खर्च कर देते हैं। कुछ लोग ऐसे होते हैं कि काफी समय से जिन पैसों की बचत की थी, उनसे मिले हुए ब्याज के पैसे भी पार्टी में उड़ा देते हैं।

लोगों को पता ही नहीं है कि खज़ाना कैसे खोजा जाता है, कैसे खोदा जाता है, कैसे बनाया जाता है। जो खज़ाना आपके पास पहले से ही है, उसे कैसे खोजें? सिर्फ कुछ गलत आदतों की वजह से और पैसे की समझ न होने की वजह से आपके पास खज़ाना बनता ही नहीं है। यह खज़ाना कुछ आदतें डालकर ही बनता है।

जैसे पैसे खर्च करते समय 'ज' या 'च' यानी ज़रूरत या चाहत के मंत्र का इस्तेमाल करें। जब आप खरीददारी करने जाएँ तो अपने आपसे पूछें कि यह चीज़ खरीदना मेरी ज़रूरत (ज) है या चाहत (च) है। सिर्फ पड़ोसी ने वह चीज़ खरीदी है इसलिए हम खरीदना चाहते हैं या वाकई हमारी ज़रूरत है। यदि ज़रूरत (ज) है तो ज़रूर खरीददारी करें और ज़रूरत नहीं है तो आप रुकें और 'ज या च' सूत्र का इस्तेमाल करें। इस सूत्र का इस्तेमाल करके आपको अपनी उच्च इच्छा को बचाना है। वरना लोगों का पूरा जीवन बीतने के बाद वे कहते हैं, 'मेरी हमेशा से यह इच्छा थी कि मैं ऐसा-ऐसा करूँ मगर मुझे कभी समय

नहीं मिला और न ही उन इच्छाओं को पूरा करने के लिए पैसों की बचत हो पाई। अतः वह इच्छा वैसी की वैसी ही रह गई।'

यह आपको तय करना है कि आप कौन सी इच्छाएँ पूरी करना चाहते हैं। अहंकार की अलग इच्छाएँ होती हैं और सत्य की, सेल्फ की अलग इच्छा होती है। जब आप अपने पैसों का योग्य बजट बनाकर सामने लाएँगे तो अपनी इच्छाओं को नौ हिस्सों में बाँटकर पूरा कर सकेंगे। शुरू-शुरू में आपको इसमें कुछ दिक्कतें महसूस होंगी परंतु जल्द ही आप देखेंगे कि यह करना संभव हो सका।

हर चीज़ आपके पास आ ही रही है। पहले आप अपनी पसंदीदा चीज़ों को लेने के लिए सजग नहीं थे इसलिए वे चीज़ें आपके पास नहीं पहुँच रही थीं। उन चीज़ों को प्राप्त करने के लिए अपने आलस को मिटाएँ और पैसा कमाने के लिए मेहनत से भागें नहीं, जागें। जब जागेंगे तब आपको पता चलेगा कि इन छोटी-छोटी बातों की ओर हमने कभी ध्यान नहीं दिया इसलिए यह समस्या हमेशा बनी रही। इस नियम का पालन करेंगे तो यह समस्या दूर हो जाएगी।

अगर आपने अपने लिए बजट नहीं बनाया तो देखेंगे कि पैसा आते ही आप चाहत की चीज़ें खरीदते हैं। जैसे जैकेट, सैंडल, लिपस्टिक, पाउडर इत्यादि और आप बिना कारण पैसे खर्च कर देते हैं। लोगों को पता नहीं चलता कि पैसा कहाँ जाता है। लोग कहते हैं, 'हम कमाते तो खूब हैं मगर पैसा कहाँ खर्च हो जाता है, यह हमें समझ में ही नहीं आता है।' इसलिए खरीददारी करते वक्त 'ज़रूरत' या 'चाहत' पूछना आवश्यक है। इससे ही आप पैसों का सही इस्तेमाल कर पाएँगे।

20

समय, प्रेम, पैसा या ध्यान

एक हिस्सा स्वयं को दें

'देने से बढ़ता है' इस रहस्य के तहत केवल दूसरों को नहीं बल्कि स्वयं को भी प्रेम, पैसा, समय और ध्यान ज़रूर दें। कैसे... कब... क्यों और कहाँ?

समय, प्रेम, पैसे और ध्यान के समृद्ध बनें

समय के संपन्न बनने के लिए समय नियोजन करना सीखें। यह एक कला है। लोगों को अकसर कहते सुना है कि 'मेरे पास समय नहीं है' तो समय निश्चित जाता कहाँ है?

यदि आपको कोई महत्वपूर्ण काम सौंपा जाए और कहा जाए कि 'इसे एक हफ्ते में पूर्ण करो।' तो निश्चित ही आप उसे एक हफ्ते में पूरा करके दिखाएँगे। यदि वही काम किसी और इंसान को दिया जाए और कहा जाए कि 'इसे मात्र पाँच दिनों में पूरा करना है।' तो वह इंसान भी दिए गए काम को पाँच दिनों में पूरा कर पाता है। इसका अर्थ है कि उसी काम को कम समय में किया जा सकता था।

मज़ेदार बात यह है कि यदि वही काम किसी को एक महीने के लिए दिया जाए तो उस इंसान को काम पूरा करने में महीना लग जाएगा। यह आश्चर्य की बात है। इंसान को यह लचीलापन दिया गया है।

इंसान रेगिस्तान में भी रह पाता है और हिमालय पर भी। उसके अंदर यह गुण डाल दिया गया है कि वह हर जगह, हर परिस्थिति के अनुसार स्वयं को ढाल सकता है। काम पूरा करने के समय में फर्क होने का रहस्य यह है कि इंसान

को जो समय सीमा दी जाती है, उसमें वह कार्य कर सकता है।

इंसान को विशेष बनाया गया है और यदि वह ठान ले तो वह दुनिया का हर कार्य कर पाता है। जब तक वह कोई काम पूरा करने की ठान नहीं लेता या जब तक उसे काम पूरा न होने के लिए दूसरों पर इल्ज़ाम लगाने का बहाना मिलता रहता है, तब तक वह बहानों में डूबता रहता है। बहानों में तैरना वह कभी सीख ही नहीं पाता। इसलिए ऐसा न कहें कि 'हमारे पास समय कम है।' जितना भी समय आपके पास है, उसमें सारे काम हो सकते हैं।

समय के जितने हिस्से में आप काम करना तय करते हैं, उतने हिस्सों में आपका काम पूरा होता है। जैसे आपने दस दिन में कोई कार्य पूर्ण करने का लक्ष्य रखा है तो आप पहले से ही यह सोचें कि आपके पास सिर्फ नौ दिन हैं। यह न सोचें कि काम करने के लिए दस दिन हैं। जब आप काम के लिए नौ दिन ही मानेंगे तो आप देखेंगे कि आपका काम उन नौ दिनों में ही पूरा होगा।

आप यह पुस्तक पढ़ रहे हैं, इसका अर्थ है कि आपने यह समय स्वयं के विकास के लिए चुना है। स्वयं को दिया गया यह समय आपके जीवन में बड़ा चमत्कार करेगा।

समय का रचनात्मक इस्तेमाल करने के लिए, आप दस दिन में होनेवाले काम को नौ दिनों में पूरा करें। बचे हुए एक दिन में कुछ रचनात्मक कार्य करें। यह एक दिन ही आपके विकास का कारण बनेगा। विश्व में आज तक जितने भी आविष्कार हुए हैं, वे सब खाली समय में ही हुए हैं। जब कोई बाथ टब में नहा रहा था तब उस खाली समय में उसे ऐसे विचार सूझे, जिनसे बड़े-बड़े आविष्कार हुए।

अपने लिए यह नियम लागू करें, जिससे आप पहले ही स्वयं को बता पाएँगे कि आपके पास इतना-इतना समय है। जैसे आपकी परीक्षा में सौ दिन बाकी हैं तो आप सोचें कि नब्बे दिन ही बाकी हैं क्योंकि उन सौ दिनों के दस हिस्से करके आपने दस दिन काट लिए हैं। ये दस दिन आपने अपने आपको दिए तो यह समय आपको पहले नंबर पर ला सकता है। इन दस दिनों में आप ऐसा कुछ सोचेंगे, परीक्षा में ऐसा कुछ करेंगे, जो बाकी कोई भी विद्यार्थी नहीं कर सकता। वरना तो सौ दिनों में जो पाठ्यक्रम मिला है, उस पर ही काम करते-करते और रोते-धोते आप परीक्षा देकर आते हैं। ये दस दिन आपके लिए

परीक्षा में सफलता पाने का बड़ा बीज है। इन दस दिनों में से एक दिन निकालना, रचनात्मक कार्य करने के लिए बड़ा बीज है। यह बीज बड़ा कार्य कर सकता है इसलिए इसे छोटी बात न समझें।

प्रेम की पूँजी बढ़ाने के लिए, प्रेम का एक हिस्सा खुद को दें और नौ हिस्से दूसरों को दें। प्रेम का जो एक हिस्सा आप बचाएँगे उसे अपनी पूँजी समझें। इंसान जीवनभर दूसरों से प्रेम की अपेक्षा रखता है और दुःखी रहता है। उसे लगता है कि 'मुझे प्रेम मिलेगा तो ही मैं प्रेम दे पाऊँगा।' वह जीवनभर इस रहस्य से महरूम रहता है कि वह प्रेम का स्रोत है। उसे प्रेम माँगने की आवश्यकता नहीं है बल्कि वह प्रेम दे सकता है। जितना वह प्रेम देगा, उतना उसके जीवन में प्रेम बढ़ेगा। जो खुद से प्रेम करता है, वही दूसरों को प्रेम कर पाता है।

प्रेम का एक मुख्य पहलू है, 'क्षमा'। ये एक ही सिक्के के दो पहलुओं की तरह हैं। जहाँ प्रेम है, वहाँ क्षमा भी है। जो इंसान खुद को क्षमा कर पाता है, वह दूसरों को भी क्षमा कर पाता है। वरना दूसरों को माफ कर पाना इंसान के लिए बहुत मुश्किल हो जाता है। वह सोचता है, 'मैंने खुद को कभी माफ नहीं किया तो इन्हें क्यों माफ करूँ?' ऐसा सोचकर वह स्वयं को बंधनों में बाँध देता है। क्षमा करके इंसान बंधन मुक्त हो सकता है। क्षमा केवल दूसरों से नहीं बल्कि स्वयं से भी माँगना ज़रूरी है। दिनभर हम अपने बारे में भी बहुत कुछ गलत सोचते रहते हैं इसलिए अपने आपसे क्षमा माँगना भी महत्वपूर्ण है। ऐसा करके हम स्वयं को आदर व प्रेम देना सीखते हैं।

पैसे की समृद्धि के लिए, तनख्वाह का एक हिस्सा आप खुद को दें, उसे अलग से रखें और बाकी बचे हुए नौ हिस्से सभी को दें। जैसे दूधवाले को, न्यूज पेपरवाले को, अपने नौकर को, राशनवाले को और जहाँ कहीं भी आपको पैसे देने हैं, वहाँ दें। आप सभी को याद रखते हैं मगर खुद को ही भूल जाते हैं। जब एक हिस्सा खुद के लिए रखेंगे तो यह हिस्सा आपके जीवन में बहुत बड़ा कार्य करेगा। हो सकता है आपको लगे कि एक हिस्सा अपने लिए रखने के बाद हमारे खर्चे कैसे निभेंगे? मगर यह देखा गया है कि नौ हिस्सों में आपके सब खर्चे बैठते हैं। आपको सिर्फ पैसे के इस रहस्य को जानना है और उसे अपने जीवन में उतारना है।

पैसा मंज़िल न बने। लोगों से अकसर यह गलती होती है कि पैसा आते

ही उनका अहंकार बढ़ जाता है, उनके व्यसन बढ़ जाते हैं। ये व्यसन न बढ़े क्योंकि आगे ये फिज़ूल खर्ची बढ़ाते हैं और इंसान गड्ढे में गिर जाता है। फिर इच्छाओं की भूख में वह तड़पते रहता है। उसका जीवन नर्क के समान हो जाता है।

लोग सोचते हैं कि हमारी तनख्वाह सिर्फ तीन हज़ार रुपए है, यदि यह तीस हज़ार हो जाएगी तो हमारी सारी समस्याएँ खत्म हो जाएँगी मगर तनख्वाह तीस हज़ार हो जाने के बाद भी उनकी यही शिकायत बनी रहती है।

इंसान की इच्छाओं (लालच) का कोई अंत नहीं। अनावश्यक इच्छाओं तथा फिजूल खर्च को रोकने के लिए बजट बनाना आवश्यक है।

यदि आप अपना बजट लिखित रूप में बनाते हैं तो आपको अपनी फिज़ूल खर्ची, लापरवाही और मूर्खता का पता चलता है। बजट के विषय पर हम कभी सजग ही नहीं थे। बजट बनाने पर आप देखेंगे कि सभी ज़रूरी कार्य होने के पश्चात आपकी बचत भी हो रही है। इसके अतिरिक्त आप जो भी विश्वास बीज डालना चाहते थे, विश्वास के साथ दान-पुण्य का कार्य करना चाहते थे, वे कार्य भी पूरे हो रहे हैं।

बजट आपका रक्षामंत्री है। यह आपकी उच्च इच्छाओं को तुच्छ इच्छाओं से बचाता है। जब आप बजट बनाएँगे तब यह बजट रक्षामंत्री का काम करेगा। जब आप अपना बजट लिखेंगे तब आपको पता चलेगा कि आमदनी के नौ हिस्सों में कौन-कौन सी इच्छाएँ पूरी हो सकती हैं।

एक मैजिक बॉक्स बनाएँ। उस मैजिक बॉक्स पर लिखें, 'मैं हर दिन चमत्कार की उम्मीद रखता हूँ (I expect miracles daily)।' उसमें आपकी फिलहाल पूरी न होनेवाली इच्छाएँ एक कागज़ पर लिखकर डाल दें।

अगर आप ऐसा कर सके तो आप देखेंगे कि समृद्धि का यह वृक्ष बढ़ते ही जाएगा और उससे बचत के हिस्से में बढ़ोतरी होगी यानी आपके पैसे ने, और पैसे लाए जो आपके मूलधन के बच्चे हैं। उन बच्चों को आपको खर्च करना नहीं है यानी अतिरिक्त धन राशि को खर्च नहीं कर देना है। लोग उन पैसों को खर्च करते हैं इसलिए समृद्धि का कभी वृक्ष बन नहीं पाता। अब सदा यह ध्यान रहे कि समृद्धि का वृक्ष हमेशा बढ़ता रहे। निरंतरता और निष्ठा से अगर यह काम आप करते रहे तो सब तरह की मूर्खताएँ खत्म हो जाएँगी और आप उस अवसर

को ढूँढ़ पाएँगे, जिसके पीछे ही खुशनसीबी आती है।

आज से ही अपने पैसे पर, न कि दूसरों के, ध्यान देना शुरू करें। अपने जीवन की मंज़िल पाने के लिए पैसे का उपयोग राज मार्ग (सुंदर रास्ता) बनाने के लिए करें क्योंकि पैसा मज़बूत रास्ता तो है लेकिन आपकी मंज़िल नहीं। अपने जीवन में पैसे को वरदान बनाएँ।

समृद्धि के इस रहस्य को समझकर, इस पर काम करना शुरू करें। जैसे-जैसे इसके परिणाम आपको अपने जीवन में दिखाई देने लगेंगे, वैसे-वैसे आपको पता चलेगा कि यह आदत हर इंसान को क्यों डालनी चाहिए।

ध्यान की दौलत को बढ़ाने के लिए, रोज़ ध्यान में बैठें। इस तरह आप ध्यान का एक हिस्सा स्वयं को दे पाएँगे। ध्यान उच्चतम दौलत है। रोज़ ध्यान में बैठने से न केवल आत्मविकास बल्कि आध्यात्मिक विकास भी होता है।

अपने लिए ध्यान का एक समय व अवधि निश्चित करें। रोज़ निश्चित समय पर ध्यान के लिए बैठें। धीरे-धीरे ध्यान की अवधि को बढ़ाते जाएँ। जिन्हें ध्यान में बैठने की आदत नहीं है, वे इसकी शुरुआत एक छोटी अवधि से करें। रोज़ कम से कम 10 मिनट ध्यान में बैठना शुरू करें। हर महीने इस अवधि को बढ़ाएँ। इस तरह हर दिन ध्यान की दौलत स्वयं के लिए इकट्ठी करें। अब आप समय, प्रेम, पैसा और ध्यान से समृद्ध बनेंगे।

21
फिजूल खर्च से बचें
ज्ञान का महत्त्व

आपके सामने दो पार्सल रखे हैं। एक पार्सल में एक लाख रुपए रखे गए हैं और दूसरे पार्सल के अंदर एक पुस्तक रखी गई है। उस पुस्तक में यह जानकारी दी गई है कि आपके जीवन में पैसा कैसे बढ़े, कैसे उसका उपयोग हो। लोगों से कहा गया कि इन दोनों में से किसी एक का चुनाव करें। 99 प्रतिशत लोग एक लाख रुपयों का पार्सल लेकर जाते हैं और कुछ महीनों में जैसे के तैसे (पहले जैसे) हो जाते हैं क्योंकि उन्हें पैसों का सही उपयोग किस प्रकार करें, इस बात की समझ नहीं थी। लोग ज्ञान और समझ को महत्त्व नहीं देते।

फिजूल खर्ची

इंसान अपना धन फिजूल खर्च करके उड़ा देता है या कंजूस बनकर, साँप की तरह कुण्डली मारकर, उस धन पर बैठा रहता है। जो इंसान किस्मत की पूजा करता है, उसके साथ ये दो बातें होती हैं। एक लॉटरी लगने से इंसान को फिजूल खर्च की आदत पड़ जाती है। कुछ समय बाद सारा पैसा तो खर्च हो जाता है मगर आपकी इच्छाओं की भूख नहीं मिटती। इंसान को भूख लगी हो और खाना न मिले तो उसका हाल बेहाल हो जाता है। इच्छाओं की इच्छा और इच्छाओं की आदत यही तो दुःख का कारण बनती है। पैसा खत्म होने पर वह इंसान पैसे की भूख मिटा नहीं पाता। फिर भी वह इच्छा जग रही है तो जीवन उसके लिए बहुत बड़ा नर्क बन जाता है।

कंजूस को अपनी योग्यता पर भरोसा नहीं है

कंजूस इंसान खुद भी परेशानी में रहता है और घरवालों को भी परेशानी में रखता है क्योंकि उसे अपनी योग्यता पर भरोसा नहीं है। उसे चिंता है कि मिले हुए पैसे खत्म हो जाएँगे तो और पैसे कैसे कमाएँगे क्योंकि उसमें योग्यता नहीं है। उसने अपनी योग्यता पर कभी काम नहीं किया, सिर्फ किस्मत पर ही काम किया। वह लॉटरी और भाग्य के चक्कर में घूमता रहा इसलिए उसकी योग्यता तैयार नहीं हुई। जिन लोगों ने पैसे कमाने की योग्यता तैयार की, वे निश्चिंत होते हैं। जब भी उन्हें पैसा चाहिए तब उन्हें पता होता है कि उनके अंदर योग्यता है, वे नई युक्ति सोच सकते हैं क्योंकि वे जानते हैं कि पैसे की समस्या नहीं है, युक्ति (आइडियाज़) की समस्या है।

अवसर पहचानें और अपनी सोच को प्रशिक्षण दें

जब लोगों को उनकी सोच पर प्रशिक्षण मिल जाएगा तब उनकी योग्यता बढ़ेगी। योग्यता बढ़ाना यानी नई भाषाएँ सीखना, कंप्यूटर सीखना या कोई कला सीखना। अपने कार्यक्षेत्र में लोगों को अच्छी सेवा कैसे दें, यह सोच पाना भी योग्यता बढ़ाना है। योग्यता बढ़ाने से ही आपके पास पैसा आएगा। इसलिए अपनी योग्यता और क्षमता बढ़ाने पर काम होना चाहिए, न कि किस्मत पर।

योग्यता बढ़ाने के लिए उचित निर्णय लेने की समझ इंसान को अपने भीतर जगानी चाहिए। इसके साथ ही अवसर को पहचानने की कला भी सीखनी चाहिए क्योंकि अवसर के पीछे ही खुशकिस्मती आती है। वरना इंसान भाग्य का रोना रोकर कहता है, 'फलाँ-फलाँ इंसान खुश किस्मत है, उसके पास पैसा है, मैं ही बदकिस्मत हूँ' मगर जो अवसर पहचानता है, उसे खुश किस्मत कहा जाता है। जो सुस्ती मिटा पाता है, सही समय पर पैसों की बचत कर पाता है, पैसे बैंक में जमा कर पाता है, वह खुश किस्मत है वरना 'कल करेंगे', ऐसा आप कहते रहे तो बहुत बड़ा समय आपके हाथ से निकल जाएगा।

पैसे का संवर्धन करने के लिए हर महीने दस में से एक हिस्सा जमा करें। उस पैसे का संवर्धन, योग्य इंसान की सलाह से करें। वह पैसा योग्य काम में लगाएँ ताकि वह बढ़ता रहे। जिस तरह ठहरा हुआ पानी दुर्गंधमय हो जाता है और बहता हुआ पानी स्वच्छ व ताज़ा रहता है, बढ़ता रहता है। उसी तरह रुका हुआ पैसा भी दुर्गंधमय (ब्लॉक) हो जाता है। इसलिए पैसे का उचित तरीके से

संवर्धन करें।

ऐसी अनुचित योजनाओं में न उलझें, जिसमें बताया जाता है कि पैसा दस गुना बढ़कर जल्दी मिलेगा वरना बाद में पछताना पड़ता है। कई लोग पैसे बढ़ाने के चक्कर में इन योजनाओं में उलझ जाते हैं और उनका पैसा डूब जाता है। फिर वे ज़िंदगीभर पछताते हैं कि उनकी मेहनत की सारी कमाई डूब गई। इसलिए रातों-रात लखपति बनने के चक्कर में न पड़ें। जो सही सलाह दे सकता है, उन लोगों से बातचीत करके अपनी बचत का सही जगह पर उपयोग (निवेश) करें।

22
देने में कंजूसी न करें
भरपूरता की भावना का फल

कुदरत को हम जो देते हैं, कुदरत हमें वही कई गुना बढ़ाकर वापस देती है इसलिए देने में कंजूसी न करें। इंसान सोचता है कि 'अगर मैंने किसी को कुछ दिया तो मेरे पास जो है, वह चला जाएगा या कम हो जाएगा। लेकिन किसी ने अगर मुझे कुछ दिया तो मेरे पास नया कुछ आएगा, मेरी बढ़ोतरी होगी।' ऐसी सोच की वजह से ही इंसान नए प्रयोग नहीं करना चाहता और देने में सदा कंजूसी करता रहता है। परिणामस्वरूप, वह समृद्धि से सदा वंचित रहता है।

वास्तव में 'देना', ज़मीन में बीज डालने के समान है। सोचें, किसान अगर अपने खेत में समय पर बीज डालने में कंजूसी करे तो आप उसे क्या कहेंगे? यही न कि बीजों की बचत करके उसने कुदरत को काम करने का मौका ही नहीं दिया। कुदरत यानी- 'नियति', 'ईश्वर', 'गुणक (मल्टिप्लायर)', जो हर एक चीज़ कई गुना बढ़ाकर हमें वापस देती है। इसलिए सर्वप्रथम हमें योग्य रूप से 'देना' यानी बीज बोना सीखना चाहिए।

आपके जीवन में जो भी समस्याएँ हैं, उनके लिए रोते-धोते न बैठें बल्कि उन्हें सुलझाने के लिए बीज डालते रहें ताकि कुदरत अपना काम शुरू कर सके। कुदरत को थोड़ा भी मिले तो वह काम शुरू कर सकती है। आप भली-भाँति जानते हैं कि ज़ीरो को हज़ार, दस हज़ार, लाख, करोड़ जितने से भी मल्टीप्लाय किया जाए, ज़ीरो ही आता है। अतः विस्तार के लिए छोटा सा ही क्यों न सही लेकिन बीज बोना ज़रूरी है। एक छोटा सा बीज भी चमत्कार कर सकता है।

भावना का फल

अकसर देखा जाता है लोग विश्वास बीज डालते तो हैं मगर बीज डालते वक्त उनकी भावना सही नहीं रहती है। बीज डालने के बाद इंसान जिस भावना से उपस्थित रहता है, वही भावना काम करती है। हमारी देने की भावना और क्षमता के अनुसार ही कुदरत बीज को मल्टिप्लाय करती है। जिस व्यक्ति को आप दान देते हैं, वह तो सिर्फ एक माध्यम है। दरअसल आप उस व्यक्ति के माध्यम से कुदरत को दे रहे होते हैं, फिर वह दान धन का हो, श्रम का हो, प्रार्थना का हो या विचारों का।

अधिकांश लोग दान देते वक्त यही सोचते हैं- 'मैंने भिखारी को पैसे दिए... मैंने गरीब की सहायता की... मैंने मेरे दोस्त को आर्थिक मदद की... अब मेरे ये पैसे गए... समाप्त हो गए... अब वे नहीं हैं...। जैसे ब्लॉटिंग पेपर स्याही को सोख लेता है, वैसे ही सामनेवाले ने हमें (धन) सोख लिया, चूस लिया।' इस धारणा के साथ जो बीज बोया जाता है, वह जलकर नष्ट हो जाता है और अगर बीज ही नष्ट हो जाए तो कुदरत किसे मल्टीप्लाय करेगी? इंसान ठीक इस तरह न भी सोचे मगर यदि उसकी धारणा ऐसी है तो उसका परिणाम आता है।

'देकर मेरा कुछ खत्म हो गया', इस धारणा के साथ जब लोग कर्म करते हैं तो वैसा फल नहीं आता जैसा नियम कहता है। इसलिए लोग देने से कतराते हैं और लेने में ज़्यादा खुश होते हैं। लेकिन ध्यान रखें, जो मिला है, वह मल्टिप्लाय नहीं होता, जो आप देते हैं, वह मल्टिप्लाय होता है। देना-लेना दोनों अच्छी बातें हैं। मगर दोनों में से मल्टिप्लाय कौन सा होगा? खुशी की भावना से, प्रज्ञा से दी हुई चीज़ मल्टिप्लाय होगी। कंजूस को ये बातें मालूम पड़ जाएँ तो वह कंजूस रहेगा नहीं।

अगर आप कंजूसी से मुक्त होकर धनवान बनना चाहते हैं तो यह समझ सदा याद रखें- 'हर क्षण इंसान का लेन-देन सिर्फ कुदरत के साथ हो रहा है।'

इसलिए जब भी आप कोई दान दें तो कहें- 'यह मैं किसी व्यक्ति को नहीं बल्कि कुदरत को दे रहा हूँ, जो बहुत बड़ा गुणक (मल्टीप्लायर) है। कुदरत मुझे हर चीज़ मल्टीपल्स में लौटाती है।' इस सही भावना से किया हुआ दान आपको समृद्धि आकर्षित करनेवाला चुंबक बनाएगा।

अतः आप जो भी दें, उसके साथ खुशी की भावना जोड़ें, सही समझ रखें ताकि देनेवाला (ईश्वर, कुदरत) आपको हर चीज़ भरपूर दे सके। यही जीवन का रहस्य है।

कुदरत की बैंक

कुदरत एक बहुत बड़ी बैंक है और जैसे बैंक के कुछ नियम होते हैं, वैसे ही कुदरत नामक बैंक के भी कुछ विशेष नियम हैं, जो इस प्रकार हैं-

1) आप जो देते हैं, कुदरत हमेशा उसका गुणाकार (मल्टीप्लिकेशन) करके देती है।

2) इस बैंक में सभी का खाता है मगर कुछ ही लोग इस खाते में डिपॉजिट करना चाहते हैं। अधिकांश लोग तो खाते से पैसा निकालने (कैश विड्रॉवल) में दिलचस्पी दिखाते हैं।

3) यह बैंक उन्हें ही भरपूर प्रेम, पैसा, समय, ध्यान इत्यादि देती है, जो लेने में नहीं बल्कि 'देने' में दिलचस्पी दिखाते हैं।

4) यह बैंक अदृश्य में काम करती है इसलिए इसका कार्य किसी को नहीं दिखता।

5) यह बैंक असीम, अनंत और समृद्ध है। अगर आपको इस बैंक से भरपूर धन-दौलत चाहिए तो पहले आपको इस बैंक को विश्वास, श्रद्धा देनी होगी।

6) अगर आप किसी ज़रूरतमंद को मदद कर रहे हैं तो समझ यह रखें कि 'मैं कुदरत नामक बैंक में डिपॉजिट कर रहा हूँ। मैं किसी व्यक्ति या संस्था को नहीं बल्कि कुदरत को ही दे रहा हूँ।'

7) कुदरत नामक बैंक यह नहीं जाँचती कि आपके पास कितना धन है बल्कि वह यह जाँचती है कि आपके पास कौन सा भाव है। अगर आप कंजूसी के भाव में जीवन बिता रहे हैं तो कुदरत आपकी सहायता नहीं कर सकती।

8) अगर आपके अंदर 'भरपूरता' की भावना है तो कुदरत आपको हर चीज़ भरपूर मात्रा में देती है। फिर चाहे वह धन हो या ध्यान, प्रेम हो या ज्ञान, भक्ति हो या शक्ति। इसलिए भरपूरता के भाव में रहें और कुदरत की

उदारता का अनुभव करें।

ध्यान रखें, आपका संपर्क केवल सोर्स (सेल्फ) से यानी कुदरत से है। जब भी आप किसी की सहायता कर रहे हैं तब वास्तव में आप खुद की ही मदद कर रहे हैं। इसलिए आपके पास जो उच्चतम चीज़ें हैं, वे दूसरों को देना शुरू करें ताकि आपके जीवन में उच्चतम चीज़ों का बहाव शुरू हो।

मानो, आपकी कोई ड्रेस, जो आपको बिलकुल पसंद नहीं है। आप सोचते हैं– 'वैसे भी यह मुझे पसंद नहीं है, क्यों न इसे दान कर दूँ। इसी बहाने दान देना भी हो जाएगा।' मगर यह दान देने का सही तरीका नहीं है। आपके पास जो उच्चतम है, वह देना सीखें। नापसंद ड्रेस भी दें लेकिन साल में एक बार तो अपनी पसंदीदा पोशाक (क्वालिटी टाईम, एनर्जी) किसी ज़रूरतमंद को दें। ऐसा करके आप कंजूसी से मुक्त होंगे।

मनन करें, 'मैं कहाँ-कहाँ पर कंजूसी करता हूँ?' नीचे कुछ विकल्प दिए गए हैं। अगर आप आज की तारीख में किसी बात को लेकर कंजूसी कर रहे हैं तो उस विकल्प के सामने टिक करें।

☐ किसी ज़रूरतमंद को आर्थिक मदद करना
☐ किसी के अच्छे गुणों की प्रशंसा करना
☐ किसी को ज़रूरी चीज़ें देना (कपड़े, खाना आदि)
☐ किसी समस्याग्रस्त को सलाह देना
☐ कुदरती हादसे में श्रम दान करना
☐ विश्व शांति के लिए प्रार्थना करना

कई लोग बताते हैं हम जब शहर में आए थे, तब हमारी जेब में सिर्फ सौ रुपए थे मगर आज हमारी खुद की कंपनी है, हम फलाँ कंपनी के मालिक हैं। तो क्या आपने कभी सोचा है कि शुरू में उन्होंने कौन सा बीज डाला था? और उस पर कैसा कार्य हुआ है? दिन-रात की मेहनत, कुछ कर गुज़रने का जज़्बा, विनम्रता, मुश्किलातों का मुकाबला करने की तैयारी, किसी को की गई मदद, इन बोए हुए बीजों का परिणाम है कि आज वे सफलता की ऊँचाई तक पहुँच पाए। अमीर होने के बाद अगर वे धन जाने के डर से कंजूस बनते हैं तो उन्हें

खुद की पूर्व अवस्था याद दिलानी चाहिए कि 'मैंने शुरुआत कैसे की थी? उस वक्त मेरा विश्वास कैसा था?' यह सब याद आने से फिर से पुराना विश्वास लौट आएगा और डर के साथ-साथ कंजूसी भी गायब हो जाएगी।

विश्वास का बीज, भरपूरता की फसल

विश्वास जब हमारा बीज बनता है तब हम भरपूरता और आश्चर्य की फसल प्राप्त करते हैं। इसके विपरीत 'कंजूसी' जब हमारा बीज बनता है तब हमें 'अभाव', 'दरिद्रता' और 'अविश्वास' की फसल मिलती है। मनुष्य जीवन का उद्देश्य है – 'जीवन के हर स्तर पर भरपूरता का अनुभव करना और हर सूक्ष्म कंजूसी से मुक्त होना।' यदि हम कंजूसी से वाकई मुक्त होंगे तो ही हम विश्व की समस्याओं के लिए 'विश्वास बीज' बो पाएँगे, फिर चाहे वह भ्रष्टाचार हो, भुखमरी हो, आतंकवाद हो या प्रदूषण की समस्या! विश्व की हर समस्या को विलीन करने के लिए सबसे पहले हमें कंजूसी की वृत्ति से मुक्त होना होगा।

यदि हमारे अंदर 'देने की' अवस्था और 'भरपूरता' का भाव होगा तो हम हर समस्या के लिए सही विश्वास बीज डाल सकते हैं। कंजूसी से मुक्त होते ही हमें समस्या के रचनात्मक समाधान दिखने लगते हैं और एक ही समस्या सुलझाने के अनेक विकल्प हमारे सामने आते हैं। जो कंजूसी से मुक्त हुए हैं, उनके द्वारा ही ज़्यादा से ज़्यादा रचनात्मक कल्पना आविष्कृत हुई है। अन्यथा 'कंजूसी' की वृत्ति रुकावट बनकर हमारे जीवन में सहजता से बहनेवाला समृद्धि का प्रवाह रोक देती है। इसलिए कंजूसी की वृत्ति पर काम करके उसे तोड़ें और देने की कला सीखें।

23

लक्ष्मी आप पर प्रसन्न हो

पैसा रचना है

जो लोग सावधान होते हैं, लक्ष्मी उन पर प्रसन्न होती है। जो लापरवाह होते हैं, उनसे लक्ष्मी हमेशा दूर भागती है। लक्ष्मी चाहती है कि सामनेवाला पहले सबूत दे कि वह पैसे संभाल सकता है। जो सबूत देता है, लक्ष्मी उसके पास रहती है। जब आप थोड़ा पैसा संभाल पाते हैं, सुरक्षित रख पाते हैं तब लक्ष्मी को विश्वास हो जाता है कि अब इस इंसान को ज़्यादा पैसा दिया तो वह संभाल पाएगा।

अकसर लोग दो अतियों में जाते हैं। कुछ लोग साँप बनकर अपनी दौलत पर बैठ जाते हैं यानी दौलत ही उनकी मालिक बन जाती है तो कुछ लोग फिजूल खर्च करके पैसे उड़ा देते हैं। इन दोनों अतियों में न जाते हुए आपके पास जो भी ईश्वर की अमानत (आमदनी) है, उसके दस हिस्से बनाएँ और एक हिस्सा योग्य कार्य में संवर्धन के लिए लगाएँ, उसका लगातार संवर्धन करें। अगर आपको यह छोटी सी बात समझ में आ गई तो लक्ष्मी आपसे प्रसन्न रहेगी। जो पैसा आपने कमाया है उसे तुरंत नकली शान में, पार्टियों में न उड़ाएँ। हमेशा उसकी सुरक्षा का खयाल रखें।

लक्ष्मी जब प्रसन्न होती है तब आपको पैसे की याद नहीं आती है। जो लोग दिनभर पैसे के बारे में ही सोचते व चिंता करते रहते हैं, लक्ष्मी उनसे अप्रसन्न रहती है, चाहे वे करोड़पति ही क्यों न हों। जिन पर लक्ष्मी प्रसन्न होती है, उनके लिए ज़रूरत पड़ने पर पैसा कहीं न कहीं से आ जाता है इसलिए लक्ष्मी से सही प्रार्थना करें और हमेशा 'ऐश्वर्य' (ईश्वरीय विचारों) में रहें।

पैसा वरदान है उसे अभिशाप न बनाएँ

पैसा ईश्वर की रचना है, निर्मिति है, रचनात्मक तरीका है, उसका आनंद लें। पैसे की वजह से ही लोग आसानी से मिल-जुलकर लेन-देन कर पाते हैं। लेने-देन को आसान करने के लिए ही पैसे की रचना हुई है। यह समझते हुए पैसे को वरदान बनाना है, न कि अभिशाप। कुछ लोगों के पास ज़्यादा पैसा आ जाए तो उनका अहंकार बढ़ जाता है, इस तरह वरदान उनके लिए अभिशाप बन जाता है। पैसा आपके लिए कभी भी अभिशाप न बने इस बात का हमेशा खयाल रखें।

पैसा आते ही अगर आप अहंकार में दूसरों का नुकसान करने लग जाएँ, किसी की टाँग खींचने लग जाएँ तो यह गलत है। इस तरह आप एक गलत आदत का निर्माण कर रहे हैं, जो आदत आगे बड़ी सजा दे सकती है। इन बातों से बचते हुए जो भी आपको अपने सारे कर्ज़ों (लोन) को चुकाना है, बीच में ब्लॉक नहीं डालने हैं। आपने यदि किसी से पैसे लिए हैं तो उसे वापस भी करने चाहिए। कभी किसी कारणवश आप पैसे तुरंत नहीं लौटा पाए तो उनसे जाकर कहें, 'मैं आपके पैसे लौटाना चाहता हूँ, मुझे थोड़ा समय, हिम्मत और साहस दें।' उन्हें बताएँ, 'मैंने पैसे की समझ पर आधारित पुस्तक पढ़ी है, अब मैं अपनी कमाई से कुछ पैसा बचानेवाला हूँ।' यह सुनकर वह इंसान खुश हो जाएगा। चूँकि वह सोचकर बैठा था कि 'ये पैसे गए, अब वापस नहीं आएँगे' मगर आप पैसे लौटाना चाहते हैं तो लोग आपको मदद करेंगे, वे आपको व्यापार करने के लिए और पैसे भी देंगे। ऐसा न सोचें कि आपको कर्ज़दारों से दूर भागना है। उनसे बातचीत कर उन्हें बताएँ कि आप वाकई में उनके पैसे लौटाना चाहते हैं, आप कोई रुकावट (मनी ब्लॉक) नहीं डालना चाहते। ऐसा करने से पैसा आपके लिए अभिशाप नहीं वरदान बनेगा।

24
प्रेम की दौलत
पृथ्वी का कर्ज़ उतारें

कई लोग नफरत में इसलिए जीते हैं क्योंकि उन्हें अपने आस-पास के लोगों और घटनाओं को स्वीकार करने की और उन्हें माफ करने की समझ नहीं होती है। वे चाहते हुए भी नफरत से मुक्त नहीं हो पाते। इसलिए अपने अंदर प्रेम जागृत करने के लिए लोगों को माफ करने की कला सीखनी चाहिए।

दुनिया में प्रेम ही एक ऐसी चीज़ है, जो देने से मिलती है, लेने से नहीं। हमारा मन व शरीर जब प्रेममय बन जाता है तब वह विश्व की सभी सकारात्मक शक्तियाँ, आनंद और शांति आसानी से ग्रहण कर पाता है। हम वही चीज़ दे सकते हैं, जो हमारे पास अमानत के तौर पर होती है। प्रेम देने से नफरत के दुश्चक्र से निकलकर प्रेम के सुचक्र में स्थापित हुआ जा सकता है।

खुद से प्रेम करना सीखें

प्रेम का जो एक हिस्सा आप बचाएँगे उसे अपनी पूँजी समझें। ध्यान का एक हिस्सा बचाएँगे तो उसे अपनी दौलत समझें। पैसे का एक हिस्सा बचाएँगे तो उसे अपनी जायदाद या खज़ाना समझें। समय का एक हिस्सा बचाएँगे तो उसे अपनी संपत्ति समझें। संपत्ति, जायदाद, खज़ाना, पूँजी और दौलत ये अलग-अलग शब्द आपको दिए गए। प्रेम के साथ पूँजी शब्द दिया गया। ध्यान के साथ दौलत शब्द दिया गया। पैसे के साथ जायदाद या खज़ाना शब्द दिया गया। समय के साथ संपत्ति शब्द दिया गया। यह संपत्ति आपको जमा करनी है। यह संपत्ति आपके विकास के लिए बड़ा काम करेगी। अनेक समस्याओं का बहाना बनाकर आप हमेशा सत्य से दूर रहते हैं या सत्य को महत्वपूर्ण नहीं समझते।

एक तरफ प्रेम (जीवन में प्रेम, ध्यान और समय की बचत कैसे करें) की पुस्तक रखी है और दूसरी तरफ बताया गया कि आपके लिए एक पार्टी रखी गई है, जहाँ सभी आपकी तारीफ में बातें करेंगे, आप पर कविता (कसीदे) पढ़ेंगे तो लोग प्रेम की पुस्तक के बदले पार्टी का चुनाव करेंगे। लोग चाहते हैं कि उनके लिए विशिष्ट पार्टी रखी जाए ताकि उनकी पहचान बढ़े। लोग सोचते हैं कि प्रेम, ध्यान और समय की पुस्तक लेकर वे क्या करेंगे! लोग चाहते हैं कि सभी का ध्यान और प्रेम उन्हें मिले, सभी उनकी बातें सुनें।

पृथ्वी का कर्ज़ और तेजप्रेम

आपको पृथ्वी के कर्ज़ से भी मुक्त होना है। पृथ्वी का कर्ज़ तब खत्म होता है जब पृथ्वी पर हर एक से, हर वस्तु से आपका तेजप्रेम का रिश्ता हो जाता है। जब हर एक के प्रति आपके मन में तेजप्रेम जगे तो समझ जाएँ कि आप पृथ्वी के कर्ज़ से मुक्त हो गए। जब लोग अपने माता-पिता के लिए निमित्त बनते हैं यानी बच्चों के कारण माता-पिता सत्य की राह से जुड़ जाते हैं तब बच्चे अपने माता-पिता के कर्ज़ से मुक्त हो जाते हैं। यदि पृथ्वी का कर्ज़ मिटाना है तो हर एक से हमारा तेजप्रेम का रिश्ता बने। अगर एक से भी आपका नफरत का रिश्ता है, फिर चाहे वह बॉस हो, पड़ोसी हो या कोई पुराना मित्र हो तो समझ जाएँ कि अभी कर्ज़ बाकी है। ईश्वर से समय और साहस की माँग करें और जल्द से जल्द इस कर्ज़ से मुक्त हो जाएँ। अपनी उच्चतम इच्छा को निम्न इच्छाओं से बचाकर रखने की खबरदारी आपको रखनी है।

बहुत जल्द ही आप देखेंगे कि यह रहस्य आपकी क्षमता बढ़ाएगा। आपके अंदर पैसे का– न हेड का न टेल का बल्कि हृदय का तीसरा पहलू उजागर हो। सत्य की राह पर चलनेवाला खोजी जब ये बातें समझ जाता है तब वह अपने पास आए हुए प्रेम, समय, ध्यान और पैसे का सही उपयोग कर पाता है।

ध्यान, ध्यान पर कैसे लौटे, यह आपने पुस्तक के पहले खण्ड में जाना था। जब ध्यान की तरफ एक हिस्सा लगाते हैं तो ध्यान की दौलत बढ़ते जाती है। जब खुद से प्रेम कर पाते हैं तब दूसरों से तेजप्रेम करना आसान हो जाता है।

तेजप्रेम यानी बेशर्त, बेशक, बेहद प्रेम – जहाँ कोई सीमा नहीं है, जहाँ परम आनंद मिल सकता है। उसका सही विभाजन करके दसवाँ हिस्सा अगर खुद को दें तो आप मुक्त हो सकते हैं। ध्यान सही जगह पर लगाया जाए तो आपके

गुण बढ़ सकते हैं। मूर्तिपूजा का रहस्य भी यही था कि लोग मूर्ति के बहाने ईश्वर के गुणों पर ध्यान कर पाएँ। जब एक हिस्सा आप ईश्वर की उपासना में लगाते हैं तो ईश्वरीय गुण आपके अंदर बढ़ने लगते हैं।

यह पुस्तक पढ़ने के बाद अपना अभिप्राय (विचार सेवा) इस पते पर भेज सकते हैं :
Tejgyan Global Foundation, Pimpri Colony Post office, P.O. Box 25, Pune - 411 017. Maharashtra (India).

परिशिष्ट 1

25
ध्यान की डिक्शनरी
तीन गलतियों से बचें

ध्यान द्वारा सत्य प्राप्त करने की यात्रा पर निकला हुआ इंसान हो सकता है कि कहीं अटक जाए, भटक जाए या किसी कारण से डर जाए। ऐसे समय उस इंसान को अपने गुरु पर विश्वास रखकर, ध्यान में होनेवाली तीन गलतियों पर सजग हो जाना चाहिए।

पहली गलती : अज्ञान और बेहोशी

सजगता कम होने की वजह से इंसान जल्दी अज्ञान और बेहोशी में जा सकता है और उसकी सत्य प्राप्ति की यात्रा वहीं रुक सकती है। इसलिए ज़रूरत है कि वह सत्य प्राप्ति के मार्ग पर सजग रहकर आगे बढ़े।

दूसरी गलती : अप्रशिक्षित मन

इंसान से दूसरी गलती यह हो जाती है कि वह अपने मन को प्रशिक्षण नहीं देता। ऐसे में उसका मन अकंप नहीं रह पाता। आपको अपने मन को अकंप बनाना आवश्यक है वरना बिना प्रशिक्षण के मन छोटी से छोटी घटना में भी हिल जाएगा। जिस कारण वर्तमान की यात्रा आगे की ओर बढ़ पाएगी।

तीसरी गलती- भविष्य में उलझना

इंसान से तीसरी गलती यह हो जाती है कि वह भविष्य की कल्पनाओं में ही उलझ जाता है। ध्यान करते वक्त वर्तमान में रहें और अपना स्वदर्शन करते रहें। हर बार स्वयं से सही सवाल पूछें- 'मैं कौन हूँ? पृथ्वी पर क्यों हूँ?'

गलतियों से बचने का उपाय

इन तीन गलतियों से बचने के लिए, सबसे पहले आप जिन भी गलतियों से गुज़र रहे हैं, उन्हें स्वीकार करें, खुद को शांत करें, 'गुड मॉर्निंग पीस' कहकर शांति (पीस) को आमंत्रित करें।

अपनी हर आती-जाती साँस के साथ 'स्वीकार' शब्द को दोहराएँ। हर अंदर जाती हुई साँस के साथ स्वयं में स्वीकार भाव लाएँ। यह व्यायाम सीखकर आप खुद को संभाल पाएँगे।

जब तक इंसान को इस व्यायाम का प्रशिक्षण नहीं मिला है, तब तक वह बार-बार सत्य की यात्रा में रुक जाता है। उसका मन प्रशिक्षित न होने की वजह से काँपता है। वह हर छोटी से छोटी घटना में भी घबरा जाता है। अतः हमें अपने मन को अकंप और निर्मल बनाना है।

जब हम नफरत के भाव में रहकर, किसी को क्षमा नहीं कर पाते तब हमारा मन मल से भर जाता है। यह मल ध्यानी के ध्यान में बाधा डालता है। साथ ही जीवन के सहज बहाव में भी अवरोध पैदा करता है। क्षमा करते ही यह मल धुलकर साफ हो जाता है और हमारा मन उजला बनने लगता है। इतना ही नहीं क्षमा माँगने से आपके अंदर की दुर्भावनाएँ मिटने लगती हैं। आपको मुक्ति का एहसास होने लगता है क्योंकि इन्हीं भावनाओं ने आपको कर्म बंधन में बाँध रखा है। क्षमा से वे बंधन टूटने लगते हैं, आप बंधनमुक्त होने लगते हैं। क्षमा करते-करते और ईश्वर से क्षमा माँगते-माँगते आपके अंदर एक हलकापन तैयार होता है, जिससे आपको ध्यान करने में भी मदद मिलती है।

आइए, अब ध्यान की डिक्शनरी से 13 बातें सीखें। इनमें से कुछ बातें ध्यान करने से पहले करनी हैं, कुछ दौरान और कुछ ध्यान के बाद।

ए टू ज़ेड - ध्यान डिक्शनरी की १३ बातें

✷1) ए.बी.- अनुभव, भक्ति   AB

ए फॉर अनुभव, बी फॉर भक्ति। ये पक्षी के दो पंखों की तरह हैं- 'अनुभव' और 'भक्ति।' जब ध्यानी को ये दो पंख मिलते हैं, तब वह सही तरीके से ध्यान करके अपने असली उद्देश्य को प्राप्त कर पाता है। इसलिए ध्यानी के लिए इन दोनों बातों का महत्त्व है।

विश्व में जितने भी नाम हैं, सब 'अब' (AB) में हैं। अब को सुनें, अब को देखें और अब का स्वदर्शन करें। अनुभव और भक्ति के साथ यात्रा शुरू करें।

2) बी.सी. - भूत काल, मिस्ड कॉल   BC

बी.सी. यानी भूत काल, मिस्ड कॉल। जो कॉल मिस हो गया वह बी.सी. है। 'बी.सी.' ये शब्द पुराने काल को दर्शाने के लिए इस्तेमाल किए गए हैं।

सोचें कि 'जब आप भूत के चंगुल से मुक्त हो जाएँगे तब आपका जीवन कैसा होगा?' तब आपको सारे विचार 'फ्रेश'- ताज़े तेजस्थान (हृदय) से आएँगे। हृदय से जो विचार आएँगे और आपके द्वारा जो कार्य होंगे, वे उत्तम ही नहीं बल्कि सर्वोत्तम होंगे।

'पास्ट इज़ डेड', भूतकाल की राख को कुरेदने से कुछ भी हासिल नहीं होगा। इस तरह मन को भूतकाल से निकालकर वर्तमान में रहने की प्रेरणा दें। यह याद रखकर, ध्यान के दौरान स्वयं को भूतकाल के विचारों से मुक्त रखें।

3) सी.डी. - भविष्य की सीढ़ी   CD

सी.डी. यानी जिस भविष्य की सीढ़ी आप चढ़ रहे हैं, वह ध्यान में नीचे न ले आए। ध्यान में जितना महत्त्व भूतकाल से मुक्त होने का है, उतना ही महत्त्व भविष्य की कल्पनाओं से मुक्त होने का भी है। इस तरह आप वर्तमान में रहकर ध्यान को सही तरीके से कर पाएँगे। इसलिए ध्यान के दौरान मन को भविष्य की कल्पनाओं में न उलझने दें।

4) ई.एफ. - इज़िली फरगिव   EF

ई.एफ. का अर्थ है, 'इज़िली आस्क फरगिवन्स' यानी 'क्षमा माँगें'। क्षमा क्यों माँगनी है? इसे पहले समझ लें ताकि ध्यान के दौरान आपके मन में नफरत के विचार न आएँ।

मानो, आप ट्रैफिकभरे रास्ते से जा रहे हैं और कोई बाजू से आपको कट

मारकर जाते–जाते गाली भी देकर गया। अब आप भी उसे मन ही मन गालियाँ दे रहे हैं, कोस रहे हैं। हालाँकि वह इंसान तो गाली देकर कब का चला गया लेकिन आप अब तक कुढ़ रहे हैं। ऐसे में समझ यह हो कि दोषी वह इंसान नहीं था बल्कि कुदरत ने आपकी गाली आप तक पहुँचाई। वह गाली आपकी थी, जो आपके पास आई है। आपका ही पार्सल था। इंसान को याद नहीं होता कि उसके द्वारा हुए कुछ कर्मों की वजह से उसके जीवन में कुछ घटनाएँ हो रही हैं।

यदि सामनेवाला आपको पार्सल के रूप में गाली देकर गया तो आपने क्या किया? वह पार्सल कैसे लिया, आपने कौन सा भाव बीज डाला? कहीं आप भी तो वही नहीं कर रहे हैं, बदले में उसे भी गालियाँ दे रहे हैं? यदि आप चाहते तो आश्चर्य कर सकते थे– 'अरे! इस इंसान को मैं जानता भी नहीं हूँ, वह मुझे गाली देकर चला गया, हो सकता है मेरी गाली इसके पास पड़ी हो, जिसका मुझे पता नहीं था, वह आज मेरे पास लौटकर आई है।' आपको अगर इसकी समझ है तो वही घटना आप शांति से भुगत लेंगे। वरना मन में और गालियाँ दे–देकर आप फिर से कर्मों का एक नया खाता खोलेंगे।

मान लें, ट्रॅफिक में गाली देनेवाले इंसान के लिए आपके मन में गलत विचार या गालियाँ आईं लेकिन अब तो आपमें सजगता आई है कि 'चलिए! पहले इस घटना को स्वीकार करें, फिर उससे क्षमा माँगें और उसे क्षमा करें। हालाँकि मन बहुत जल रहा है, नफरत कर रहा है मगर मेरी चीज़ मेरे पास पहुँचाने के लिए वह इंसान निमित्त बना इसलिए मैं उससे क्षमा माँगता हूँ ताकि यह खाता यहीं बंद हो जाए। सारा हिसाब स्पष्ट हो जाए।'

हम लोगों से सहजता से क्षमा माँग पाएँ और उन्हें क्षमा कर पाएँ। हो सकता है, पहले कुछ लोगों को क्षमा करने के लिए मन नहीं माने और कहे– 'मैं इन लोगों को क्षमा नहीं करूँगा, इन्होंने मेरे साथ ऐसा किया... इन्होंने वैसा किया।' मगर सही समझ के साथ, यह कार्य आसान होता जाएगा। क्षमा माँगने और करने से आपका मन नफरत के विचारों में नहीं भटकेगा, जिससे आप बिना विघ्न के ध्यान कर पाएँगे।

***5) जी.एच. – घर, हाऊस, होम या हार्ट (हृदय) JH

जी.एच. का अर्थ है घर, हाऊस, होम या हार्ट (हृदय)। घर जाने का अर्थ है अपनी मंज़िल तक पहुँचना। ध्यान द्वारा हम अपनी मंज़िल तक पहुँचते

हैं। हम इसे हेड से हार्ट (मस्तिष्क से हृदय) तक जाने की यात्रा भी कह सकते हैं। इतना सरल रास्ता होते हुए भी लोग घर क्यों नहीं पहुँचते? कारण- वे पूरा जीवन भूतकाल को कुरेदने और भविष्य की कल्पनाओं में उलझकर रह जाते हैं। अपनी मंज़िल पर पहुँचने से पहले ही बूढ़े हो जाते हैं। अतः आपको ध्यान करते हुए अपने घर- 'ग्रेस हाऊस' यानी जहाँ पर ईश्वर की कृपा हो, ईश्वर का वास हो, उस मंदिर तक पहुँचना है।

✱✱✱6) आय.जे. - ईश्वरीय जगत, इंद्रजाल   IJ

आय.जे. यानी ईश्वरीय जगत, इंद्रजाल, यह संसार जिसमें हम रहते हैं। अगर इंसान के पास सत्य का ज्ञान और समझ है, साथ ही वह निरंतर ध्यान करता है तो यह इंद्रजाल उसे उलझा नहीं पाता। वरना इंसान संसार रूपी भँवर में फँसता चला जाता है।

ध्यान में आंतरिक दर्शन के बाद, यह ईश्वरीय जगत भी आपके लिए आइने का काम करेगा। इसे खुली आँखों से ध्यान करना कहते हैं।

सारे लोग, जिनसे आप मिलते हैं, वे आपका ही आइना हैं। यदि आप हरेक से मिलकर अपना स्वदर्शन कर रहे हैं, इसका अर्थ आप अपने बारे में जान रहे हैं। किसी को देखकर यदि आपके मन में नफरत जागती है, प्यार उठता है, गुस्सा आता है, निराशा आती है, डर आता है, बोरियत महसूस होती है या तुलना के विचार आते हैं तो यकीन मानिए इन सबसे आपको अपना ही दर्शन हो रहा है। ध्यान के ज़रिए आपको यह दृढ़ता मिलती है।

✱7) के.एल. - कुल-मूल लक्ष्य   KL

कमल कीचड़ में रहकर भी कीचड़ से बाहर रहता है। उसे कीचड़ तो क्या पानी की बूँद तक नहीं छू पाती। आपको भी कमल के समान निर्मल बनकर, ध्यान का सहारा लेते हुए, अपना कुल-मूल लक्ष्य प्राप्त करना है।

आप जिस हेतु से पृथ्वी पर आए हैं, क्या वह पूरा हो रहा है? क्या अनुभव के तौर पर आपने खुद को जाना है? आज आप जो भी बन पाए हैं, किसी स्कूल-कॉलेज में विद्यार्थी हैं, आपकी फैक्टरी है, कंपनी है, आप किसी दुकान के मालिक हैं या नौकरी कर रहे हैं। मगर ये सब करते हुए यदि आपके पास 'कमल' नहीं है तो सारे लक्ष्य पाकर भी आप लक्ष्यहीन ही रहेंगे। अतः अपने कुल-मूल लक्ष्य

को प्राप्त करने के लिए तत्पर हो जाएँ, उसे प्राथमिकता दें। अब तक आपने सभी लक्ष्य प्राप्त कर लिए हैं, अब कमल प्राप्त करें। ध्यान में इसी उद्देश्य के साथ बैठें।

✵8) एम.एन. - मदर नेचर, माय नेचर, मेरा निसर्ग   MN

जब आप निसर्ग के संपर्क में आते हैं, तब वह आपको अपना उद्देश्य पूरा करने में मदद करता है। इसलिए अपने ध्यान का स्थान चुनते वक्त यह ज़रूर देख लें कि वह निसर्ग के संपर्क में है या नहीं। उदा. खुली हवा में ध्यान करें, यदि आप घर में ध्यान कर रहे हैं तो आस-पास कोई गमला रखें। जितना हो सके निसर्ग के साथ रहने का प्रयास करें।

✵✵9) ओ.पी. ओल्ड पैकेट, ओल्ड पार्सल   OP

ओल्ड पैकेट यानी पुराने अनुभव। ये अनुभव आपके ध्यान में बाधा डालते हैं। अपनी याददाश्त में आपने जिन लोगों की पुड़ियाँ बाँधी है, जिनसे मिलकर आपको हर बार पुराने अनुभव याद आते हैं और आपसे भी वैसे ही व्यवहार होता है, ध्यान करते वक्त उन पुरानी पुड़ियों को बाजू रखें।

✵✵10) क्यू.आर. - रियल क्वेश्चन, सही सवाल   QR

'क्यों हूँ मैं? हूँ मैं कौन?' ध्यान के दौरान यह सही सवाल स्वयं से पूछते रहें और हृदय स्थान पर रहकर अनुभव से इसका उत्तर प्राप्त करें। यह सवाल पूछकर आप शरीर के पार जा पाएँगे क्योंकि आप मात्र यह शरीर नहीं हैं। जब आप अपना असली स्वरूप जानेंगे, तब आपको पता चलेगा कि शरीर आपका मित्र है।

अगर आपकी शर्ट या कुर्ता फट जाए तो आप यह नहीं कहते कि 'मैं फट गया।' आपको भली-भाँति पता है कि कुर्ता या शर्ट आप नहीं हैं। मगर जब हम कहते हैं, 'मुझे दर्द हो रहा है' तो हम यह मान लेते हैं कि शरीर के साथ जो कुछ भी हो रहा है, वह मेरे साथ हो रहा है। तब तकलीफ शुरू हो जाती है। इंसान की यही सबसे बड़ी गलती है। इसी गलती की वजह से वह न जाने कितने दुःख भुगतता है।

अब ध्यान में खुद से सही सवाल पूछें- 'क्यों हूँ मैं, हूँ मैं कौन?' इस सवाल में बहुत गहराई है।

✵✵11) एस.टी. - सौ टका   ST

आप जब पानी को सौ डिग्री तक गरम करते हैं, तब उसका रूपांतरण

भाप में होता है। हम भी यदि कुछ बातों में अपना सौ प्रतिशत देंगे तो परिणाम आश्चर्यजनक आएँगे।

उदा. यदि आप स्वयं को वर्तमान में रहने का प्रशिक्षण देना चाहते हैं तो खाना खाते वक्त, सिर्फ खाना ही खाएँ, अपना सौ टका ध्यान खाने पर ही दें। वरना खाना खाने के साथ-साथ आपके मन में हज़ारों विचार चल रहे होते हैं।

नहाते वक्त सौ प्रतिशत नहाने के कार्य में ही रहें। अपनी क्रियाओं पर गौर करें- जैसे मैं पानी भर रहा हूँ, अपने शरीर पर डाल रहा हूँ... इस तरह खुद को यह क्रिया करते हुए देखें। हर पल वर्तमान में जीने के लिए इस तरह के प्रयोग करें।

इसी तरह ध्यान करते वक्त भी सौ टका दें। मन को केवल ध्यान में ही केंद्रित करें। उस वक्त कोई भी अन्य विचार मन में आए तो उसकी उपेक्षा करें।

✼✼✼12) यू.वी.डब्ल्यू. - उच्चतम विकसित वर्ल्ड   UVW

जब आप ध्यान करके अपने मूल स्रोत (वास्तविक घर, सोर्स) पहुँचेंगे तब उस घर के चारों तरफ उच्चतम विकसित समाज का निर्माण होगा। पहले कदम पर उच्चतम विकसित परिवार बनेगा। फिर आजू-बाजू में उच्चतम विकसित समाज तैयार होगा। समाज से जुड़कर वर्ल्ड बनेगा- 'उच्चतम विकसित वर्ल्ड।'

✼✼13) एक्स.वाय.ज़ेड. - एक्स्ट्रा विचार   XYZ

आखिरी पायदान में सभी तरह के एक्स्ट्रा विचारों को साक्षी भाव से देखकर मन से बाहर रखने का कार्य करें। एक भी विचार आपके ध्यान में बाधा न डाले इसके लिए हर विचार को पहले स्वीकार करें और निरंतर क्षमा साधना करते रहें। ध्यान को अपनी मंज़िल तक पहुँचाएँ।

ध्यान की इन 13 बातों को याद रखकर जब आप खुद से 'मैं कौन हूँ' यह पूछते-पूछते ध्यान करेंगे तो ध्यान का असली उद्देश्य पूरा होने में समय नहीं लगेगा। फिर आप वर्तमान जीवन के रहस्य को आनंद के रूप में महसूस कर पाएँगे।

नोटः
✼ध्यान से पहले की जानेवाली बातें।
✼✼ध्यान के दौरान की जानेवाली बातें।
✼✼✼ध्यान के बाद की जानेवाली बातें।

परिशिष्ट 2

सरश्री अल्प परिचय

स्वीकार मुद्रा

सरश्री की आध्यात्मिक खोज का सफर उनके बचपन से प्रारंभ हो गया था। इस खोज के दौरान उन्होंने अनेक प्रकार की पुस्तकों का अध्ययन किया। अपने आध्यात्मिक अनुसंधान के दौरान उन्होंने लगभग सभी ध्यान पद्धतियों का भी अभ्यास किया। उनकी इसी खोज ने उन्हें कई वैचारिक और शैक्षणिक संस्थानों की ओर बढ़ाया। जीवन का रहस्य समझने के लिए उन्होंने **एक लंबी अवधि तक मनन करते हुए अपनी खोज जारी रखी, जिसके अंत में उन्हें आत्मबोध प्राप्त हुआ।** आत्मसाक्षात्कार के बाद उन्होंने जाना कि **अध्यात्म का हर मार्ग जिस कड़ी से जुड़ा है वह है– समझ (अंडरस्टैण्डिंग)।** उसके बाद उन्होंने अपने तत्कालीन अध्यापन कार्य को विराम लगाते हुए, लगभग दो दशकों से भी अधिक समय अपना समस्त जीवन मानवजाति के कल्याण और उसके आध्यात्मिक विकास हेतु अर्पण किया है।

सरश्री कहते हैं, 'सत्य के सभी मार्गों की शुरुआत अलग-अलग प्रकार से होती है लेकिन सभी के अंत में एक ही समझ प्राप्त होती है। '**समझ**' **ही सब कुछ है और यह** '**समझ**' **अपने आपमें पूर्ण है।** आध्यात्मिक ज्ञान प्राप्ति के लिए इस 'समझ' का श्रवण ही पर्याप्त है।' इसी समझ को उजागर करने के लिए उन्होंने आज तक **तीन हज़ार से अधिक आध्यात्मिक विषयों पर प्रवचन दिए हैं,** जिनके द्वारा वे अध्यात्म की गहरी संकल्पनाएँ सीधे और व्यावहारिक रूप में समझाते हैं। समाज के हर स्तर का इंसान सरश्री द्वारा बताई जा रही समझ का लाभ ले सकता है।

यह समझ हरेक को अपने अनुभव से प्राप्त हो इसलिए सरश्री ने **'महाआसमानी परम ज्ञान शिविर'** और उसके लिए आवश्यक कार्यप्रणाली (सिस्टम) की रचना की है, **जिसका लाभ लाखों खोजी ले रहे हैं।** यह व्यवस्था आय.एस.ओ. (ISO 9001:2015) प्रमाणित है, जिसने अनेक लोगों को सत्य की राह पर चलने की प्रेरणा दी है। इसी समझ के प्रचार और प्रसार के लिए उन्होंने 'तेजज्ञान फाउण्डेशन' नामक आध्यात्मिक संस्था की नींव रखी है। इस संस्था का मुख्य उद्देश्य है- **'हॅपी थॉट्स द्वारा उच्चतम विकसित समाज का निर्माण'**।

विश्व का हर इंसान आज सरश्री के मार्गदर्शन का लाभ ले सकता है, जिसके लिए किसी भी धर्म, जाति, उपजाति, वर्ण, पंथ, रंग या लिंग का बंधन नहीं है। विश्व के हर कोने में बसे लोग आज तेजज्ञान की इस अनूठी ज्ञान प्रणाली (System for Wisdom) का लाभ ले रहे हैं। इस व्यवस्था के एक हिस्से के रूप में **लाखों लोग रोज़ सुबह और रात को ९ बजकर ९ मिनट पर विश्व शांति के लिए प्रार्थना करते हैं।**

सरश्री को **बेस्टसेलर पुस्तक 'विचार नियम' श्रृंखला के रचनाकार** के रूप में भी जाना जाता है, जिसकी **१ करोड़ से ज़्यादा प्रतियाँ केवल ५ सालों** में वितरित हो चुकी हैं। इसके अलावा उन्होंने विविध विषयों पर **१०० से अधिक पुस्तकों का लेखन** किया है, जिनमें से 'विचार नियम', 'स्वसंवाद का जादू', 'स्वयं का सामना', 'स्वीकार का जादू', 'निःशब्द संवाद का जादू', 'संपूर्ण ध्यान' आदि पुस्तकें बेस्टसेलर बन चुकी हैं। ये पुस्तकें दस से अधिक भाषाओं में अनुवादित की जा चुकी हैं और प्रमुख प्रकाशकों द्वारा प्रकाशित की गई हैं, जैसे पेंगुइन बुक्स, जैको बुक्स, मंजुल पब्लिशिंग हाऊस, प्रभात प्रकाशन, राजपाल एॅण्ड सन्स, पेंटागॉन प्रेस, सकाळ प्रकाशन इत्यादि।

तेजज्ञान फाउण्डेशन – परिचय

तेजज्ञान फाउण्डेशन आत्मविकास से आत्मसाक्षात्कार प्राप्त करने का एक रास्ता है। इसके लिए सरश्री द्वारा एक अनूठी बोध पद्धति (System for Wisdom) का सृजन हुआ है। इस पद्धति को अन्तर्राष्ट्रीय मानक ISO 9001:2015 के आवश्यकताओं एवं निर्देशों के अनुरूप ढालकर सरल, व्यावहारिक एवं प्रभावी बनाया गया है।

इस संस्था की बोध पद्धति के विभिन्न पहलुओं (शिक्षण, निरीक्षण व गुणवत्ता) को स्वतंत्र गुणवत्ता परीक्षकों (Quality Auditors) द्वारा क्रमबद्ध तरीके से जाँचा गया। जिसके बाद इन पहलुओं को ISO 9001:2015 के अनुरूप पाकर, इस बोध पद्धति को प्रमाणित किया गया है।

फाउण्डेशन का लक्ष्य आपको नकारात्मक विचार से सकारात्मक विचार की ओर बढ़ाना है। सकारात्मक विचार से शुभ विचार यानी हॅपी थॉट्स (विधायक आनंदपूर्ण विचार) और शुभ विचार से निर्विचार की ओर बढ़ा जा सकता है। निर्विचार से ही आत्मसाक्षात्कार संभव है। शुभ विचार (Happy Thoughts) यानी यह विचार कि 'मैं हर विचार से मुक्त हो जाऊँ।' शुभ इच्छा यानी यह इच्छा कि 'मैं हर इच्छा से मुक्त हो जाऊँ।'

ज्ञान का अर्थ है सामान्य ज्ञान लेकिन तेजज्ञान यानी वह ज्ञान जो ज्ञान व अज्ञान के परे है। कई लोग सामान्य ज्ञान की जानकारी को ही ज्ञान समझ लेते हैं लेकिन असली ज्ञान और जानकारी में बहुत अंतर है। आज लोग सामान्य ज्ञान के जवाबों को ज़्यादा महत्त्व देते हैं। उदाहरण के तौर पर कर्म और भाग्य, योग और प्राणायाम, स्वर्ग और नर्क इत्यादि। आज के युग में सामान्य ज्ञान प्रदान करनेवाले लोग और शिक्षक कई मिल जाएँगे मगर इस ज्ञान को पाकर जीवन में कोई बड़ा परिवर्तन नहीं होता। यह ज्ञान या तो केवल बुद्धि विलास है या फिर अध्यात्म के नाम पर बुद्धि का व्यायाम है।

सभी समस्याओं का समाधान है- तेजज्ञान। भय से मुक्ति, चिंतारहित व क्रोध से आज़ाद जीवन है- तेजज्ञान। शारीरिक, मानसिक, सामाजिक, आर्थिक और आध्यात्मिक उन्नति के लिए है- तेजज्ञान। तेजज्ञान आपके अंदर है, आएँ और इसे पाएँ।

यदि आप ऐसा ज्ञान चाहते हैं, जो सामान्य ज्ञान के परे हो, जो हर समस्या का समाधान हो, जो सभी मान्यताओं से आपको मुक्त करे, जो आपको ईश्वर का साक्षात्कार कराए, जो आपको सत्य पर स्थापित करे तो समय आ गया है तेजज्ञान को जानने का। समय आ गया है शब्दोंवाले सामान्य ज्ञान से उठकर तेजज्ञान का अनुभव करने का।

अब तक अध्यात्म के अनेक मार्ग बताए गए हैं। जैसे जप, तप, मंत्र, तंत्र, कर्म, भाग्य, ध्यान, ज्ञान, योग और भक्ति आदि। इन मार्गों के अंत में जो समझ, जो बोध प्राप्त होता है, वह एक ही है। सत्य के हर खोजी को अंत में एक ही समझ मिलती है और इस समझ को सुनकर भी प्राप्त किया जा सकता है। उसी समझ को सुनना यानी तेजज्ञान प्राप्त करना है। तेजज्ञान के श्रवण से सत्य का साक्षात्कार होता है, ईश्वर का अनुभव होता है। यही तेजज्ञान सरश्री महाआसमानी परम ज्ञान शिविर में प्रदान करते हैं।

महाआसमानी परम ज्ञान शिविर परिचय और लाभ (निवासी)

क्या आपको उच्चतम आनंद पाने की इच्छा है? ऐसा आनंद, जो किसी कारण पर निर्भर नहीं है, जिसमें समय के साथ केवल बढ़ोतरी ही होती है। क्या आप इसी जीवन में प्रेम, विश्वास, शांति, समृद्धि और परमसंतुष्टि पाना चाहते हैं? क्या आप शारीरिक, मानसिक, सामाजिक, आर्थिक और आध्यात्मिक इन सभी स्तरों पर सफलता हासिल करना चाहते हैं? क्या आप 'मैं कौन हूँ' इस सवाल का जवाब अनुभव से जानना चाहते हैं।

यदि आपके अंदर इन सवालों के जवाब जानने की और 'अंतिम सत्य' प्राप्त करने की प्यास जगी है तो तेजज्ञान फाउण्डेशन द्वारा आयोजित 'महाआसमानी परम ज्ञान शिविर' में आपका स्वागत है। यह शिविर पूर्णतः सरश्री की शिक्षाओं पर आधारित है। सरश्री आज के युग के आध्यात्मिक गुरु और 'तेजज्ञान फाउण्डेशन' के संस्थापक हैं, जो अत्यंत सरलता से आज की लोकभाषा में आध्यात्मिक समझ प्रदान करते हैं।

महाआसमानी परम ज्ञान शिविर का उद्देश्य :

इस शिविर का उद्देश्य है, 'विश्व का हर इंसान 'मैं कौन हूँ' इस सवाल का जवाब जानकर सर्वोच्च आनंद में स्थापित हो जाए।' उसे ऐसा ज्ञान मिले, जिससे वह हर पल वर्तमान में जीने की कला प्राप्त करे। भूतकाल का बोझ और भविष्य की चिंता इन दोनों से वह मुक्त हो जाए। हर इंसान के जीवन में स्थायी खुशी, सही समझ और समस्याओं को विलीन करने की कला आ जाए। मनुष्य जीवन का उद्देश्य पूर्ण हो।

'मैं कौन हूँ? मैं यहाँ क्यों हूँ? मोक्ष का अर्थ क्या है? क्या इसी जन्म में मोक्ष प्राप्ति संभव है?' यदि ये सवाल आपके अंदर हैं तो महाआसमानी परम ज्ञान शिविर इसका जवाब है।

महाआसमानी परम ज्ञान शिविर के मुख्य लाभ :

इस शिविर के लाभ तो अनगिनत हैं मगर कुछ मुख्य लाभ इस प्रकार हैं–

* जीवन में दमदार लक्ष्य प्राप्त होता है।
* 'मैं कौन हूँ' यह अनुभव से जानना (सेल्फ रियलाइजेशन) होता है।
* मन के सभी विकार विलीन होते हैं।
* भय, चिंता, क्रोध, बोरडम, मोह, तनाव जैसी कई नकारात्मक बातों से मुक्ति मिलती है।
* प्रेम, आनंद, मौन, समृद्धि, संतुष्टि, विश्वास जैसे कई दिव्य गुणों से युक्ति होती है।
* सीधा, सरल और शक्तिशाली जीवन प्राप्त होता है।
* हर समस्या का समाधान प्राप्त करने की कला मिलती है।
* 'हर पल वर्तमान में जीना' यह आपका स्वभाव बन जाता है।
* आपके अंदर छिपी सभी संभावनाएँ खुल जाती हैं।
* इसी जीवन में मोक्ष (मुक्ति) प्राप्त होता है।

महाआसमानी परम ज्ञान शिविर में भाग कैसे लें?

इस शिविर में भाग लेने के लिए आपको कुछ खास माँगें पूरी करनी होती हैं। जैसे–

१) आपकी उम्र कम से कम अठारह साल या उससे ऊपर होनी चाहिए।

२) आपको सत्य स्थापना शिविर (फाउण्डेशन ट्रुथ रिट्रीट) में भाग लेना होगा, जहाँ आप सीखेंगे- वर्तमान के हर पल को कैसे जीया जाए और निर्विचार दशा में कैसे प्रवेश पाएँ।

३) आपको कुछ प्राथमिक प्रवचनों में उपस्थित होना है, जहाँ आप बुनियादी समझ आत्मसात कर, महाआसमानी परम ज्ञान शिविर के लिए तैयार होते हैं।

यह शिविर एक या दो महीने के अंतराल में आयोजित किया जाता है, जिसका लाभ हज़ारों खोजी उठाते हैं। इस शिविर की तैयारी आप दो तरीके से कर सकते हैं। पहला तरीका- मनन आश्रम (पूना) में पाँच दिवसीय निवासी शिविर में भाग लेकर, दूसरा तरीका- तेजज्ञान फाउण्डेशन के नजदीकी सेंटर पर सत्य श्रवण द्वारा। जैसे- पुणे, मुंबई, दिल्ली, सांगली, सातारा, जलगाँव, अहम दाबाद, कोल्हापुर, नासिक, अहमदनगर, औरंगाबाद, सूरत, बरोडा, नागपुर, भोपाल, रायपुर, चेन्नई, वर्धा, अमरावती, चंद्रपुर, यवतमाल, रत्नागिरी, लातूर, बीड, नांदेड, परभणी, पनवेल, ठाणे, सोलापुर, पंढरपुर, अकोला, बुलढाणा, धुले, भुसावल, बैंगलोर, बेलगाम, धारवाड, भुवनेश्वर, कोलकत्ता, राँची, लखनऊ, कानपुर, चंदीगढ़, जयपुर, पणजी, म्हापसा, इंदौर, इटारसी, हरदा, विदिशा, बुरहानपुर।

इनके अतिरिक्त आप महाआसमानी की तैयारी फाउण्डेशन में उपलब्ध सरश्री द्वारा रचित पुस्तकें या यू ट्यूब के संदेश सुनकर भी कर सकते हैं। मगर याद रहे ये पुस्तकें, यू ट्यूब के प्रवचन शिविर का परिचय मात्र है, तेजज्ञान नहीं। आप महाआसमानी परम ज्ञान शिविर में भाग लेकर ही तेजज्ञान का आनंद ले सकते हैं। आगामी महाआसमानी परम ज्ञान शिविर में अपना स्थान आरक्षित करने के लिए संपर्क करें : 09921008060/75, 9011013208

महाआसमानी परम ज्ञान शिविर स्थान :

यह शिविर पुणे में स्थित मनन आश्रम पर आयोजित किया जाता है। इस शिविर के लिए भोजन और रहने की व्यवस्था की जाती है। यदि आपको कोई शारीरिक बीमारी है और आप नियमित रूप से दवाई ले रहे हैं तो कृपया अपनी दवाइयाँ साथ में लेकर आएँ। वातावरण अनुसार गरम कपड़े, स्वेटर, ब्लैंकेट

आदि भी लाएँ।

'मनन आश्रम' पुणे शहर के बाहरी क्षेत्र में पहाड़ों और निसर्ग के असीम सौंदर्य के बीच बसा हुआ है। इस आश्रम में पुरुषों और महिलाओं के लिए अलग-अलग, कुल मिलाकर 700 से 800 लोगों के रहने की व्यवस्था है। यह आश्रम पुणे शहर से 17 किलो मीटर की दूरी पर है। हवाई अड्डा, हाइवे और रेल्वे से पुणे आसानी से आ-जा सकते हैं।

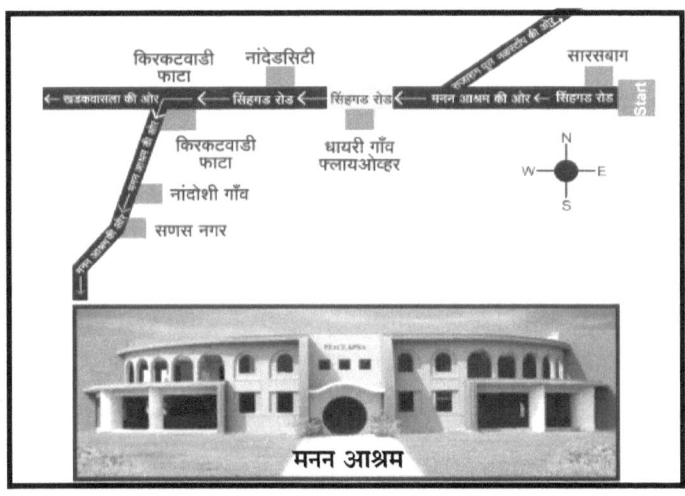

मनन आश्रम

अब एक क्लिक पर ही शिविर का रजिस्ट्रेशन !

तेजज्ञान फाउण्डेशन की इन शिविरों के लिए
अब आप ऑनलाईन रजिस्ट्रेशन भी कर सकते हैं-

* महाआसमानी महानिवासी शिविर (पाँच दिवसीय निवासी शिविर)
* मैजिक ऑफ अवेकनिंग (केवल अंग्रेजी भाषा जाननेवालों के लिए तीन दिवसीय निवासी शिविर)
* मिनी महाआसमानी (निवासी) शिविर, युवाओं के लिए

रजिस्ट्रेशन के लिए आज ही लॉग इन करें

www.tejgyan.org

सरश्री द्वारा रचित श्रेष्ठ पुस्तकें

विचार नियम

आपकी कामयाबी का रहस्य

Pages - 200

Price - 175/-

क्या हम सभी आंतरिक शांति को तलाश रहे हैं?

क्या हम अपने जीवन में आंतरिक शांति और स्थायी पूर्णता की चाहत रखते हैं? साथ ही हमें बेशर्त प्रेम और आनंद की तलाश रहती है। परंतु यह संभव नहीं लगता क्योंकि रोज़मर्रा के जीवन में चुनौतियों में हम उलझकर रह जाते हैं।

क्या हम सभी सांसारिक सफलता पाने की चाहत रखते हैं?

हम सभी संपन्न जीवन का आनंद लेना चाहते हैं। एक ऐसा जीवन जहाँ रिश्तों में भरपूर ताल-मेल और अपनापन हो, आर्थिक स्वतंत्रता हो और उत्तम स्वास्थ्य हो। हम सभी अपने काम में रचनात्मक और उत्पादक बनकर सर्वोत्तम परिणाम हासिल करने की चाह रखते हैं। लेकिन ये सब हासिल करने की कीमत हमें अपनी आंतरिक शांति खोकर चुकानी पड़ती है...

खुशखबर यह है कि अब हमें दोनों प्राप्त हो सकते हैं!

'विचार नियम' पुस्तक के ज़रिए –

- अपने आंतरिक और बाहरी जीवन में ताल-मेल बिठाएँ।
- अपनी इच्छानुसार शांत और स्थिर महसूस करें।
- विचारों के पार जाकर अपने 'असली अस्तित्व' को पहचानें, जो आपकी मूल अवस्था है।
- विचार नियमों को अपने जीवन में उतारें ताकि आप अपनी उच्चतम संभावना की ओर सहजता से आगे बढ़ पाएँ।
- मौनायाम की अवस्था में रहकर प्रेम, आनंद, करुणा, भरपूरता व रचनात्मकता जैसे गुणों को अपने अंदर से प्रकट होने का मौका दें।

आइए, बीस लाख से भी अधिक पाठकों के समूह में शामिल हो जाएँ, जिन्होंने विचारों के ७ शक्तिशाली नियमों तथा मत्रों द्वारा आंतरिक शांति और सफलता हासिल की है।

विश्वास नियम
सर्वोच्च शक्ति के सात नियम

Pages - 168
Price - 150/-

आपका मोबाइल तो अप टू डेट है परंतु क्या आपका विश्वास अप टू डेट है? क्या आपका आज का विश्वास आपको अंतिम सफलता की राह पर बढ़ा रहा है? यदि उपरोक्त सवालों के जवाब 'नहीं' हैं तो आपको विश्वास नियम की आवश्यकता है। विश्वास नियम आपके विश्वास को बढ़ाकर उसे अप टू डेट करता है।

'विश्वास' ईश्वर द्वारा दी हुई वह देन है– जो हमारे स्वास्थ्य, रिश्ते, मनशांति, आर्थिक समृद्धि एवं आध्यात्मिक उन्नति में चार चाँद लगाता है। आइए, इस शक्ति का चमत्कार अपने जीवन ये देखें और 'सब संभव है' इस पंक्ति का प्रत्यक्ष अनुभव लें।

इस पुस्तक में दिए गए सात विश्वास नियम ऊर्जा का असीम भंडार हैं। ये आपके जीवन की नकारात्मकता हटाकर, आपको सकारात्मक ऊर्जा से लबालब भर देंगे। जीवन के हर स्तर पर आपकी मदद करेंगे। इसलिए यह पुस्तक इस विश्वास के साथ पढ़ें कि 'अब सब संभव है' और जानें...

* विश्वास की शक्ति से जो चाहें वह कैसे पाएँ
* विश्वास को वाणी में लाकर जीवन को कैसे बदलें
* विश्वासघात पर मात पाकर विश्व के लिए नया उदाहरण कैसे बनें
* अपने भीतर छिपे हर अविश्वास को विश्वास में रूपांतरित करके विकास की ओर कैसे बढ़ें
* हर समस्या का समाधान कैसे खोजें
* विश्वास द्वारा संपूर्ण सफलता कैसे पाएँ

ध्यान नियम
ध्यान योग नाइन्टी

Pages - 176
Price - 180/-

ध्यान नियम– यह नियम केवल ध्यान का नियम नहीं बल्कि हमारे जीवन का एक नियम है। यह नियम ध्यान का एक ऐसा रहस्य को उजागर करता है जिसे जानकर आप जीवन की कई उलझनों को सुलझा पाएँगे।

ध्यान का रहस्य एक सुदंर ऐनालॉजी के जरिए आपके सामने रखा गया है ताकि आप आसानी से इसे समझ पाएँ। इस कहानी के प्रतीक से हमें अपने शरीर और मन की वृत्तियों के बारे में पता चलेगा तथा ध्यान की आवश्यकता क्यों है, यह भी समझ में आएगा। ध्यान से संबंधित कई सवालों के जवाब आपको इस पुस्तक में मिलेंगे और साथ ही ध्यान से होनेवाले लाभ भी आपको समझ में आएँगे।

ध्यान की शुरुआत करनेवालों से लेकर निरंतर ध्यान करनेवालों तक यह पुस्तक मार्गदर्शन दे सकती है। इस पुस्तक में ध्यान के नब्बे मुद्दों द्वारा गहरी समझ प्रदान की गई है। ध्यान की इस यात्रा में आप जिस भी स्तर पर हैं, उससे आगे बढ़ने में ध्यान नियम आपकी मदद करेगा।

पैसा

रास्ता है, मंजिल नहीं

Pages - 136

Price - 150/-

आप क्या मानते हैं...

* पैसा कमाना कठिन है या आसान है। * ज़्यादा कमानेवाले अमीर होते हैं या पैसा बचानेवाले अमीर होते हैं। * हाथ में खुजली होने से पैसा मिलता है या हाथों के कर्म से पैसा आता है। * जिसे ज़्यादा पैसा होगा, वह कम आध्यात्मिक होगा या जिसे कम पैसा होगा वह अधिक आध्यात्मिक होगा। * पैसा शैतान है या भगवान है। * पैसा हाथ का मैल है या हाथ की शोभा है। * पैसा लेकर लोग वापस नहीं करते हैं या जितना देते हैं उतना बढ़ता है। * पैसा, आनंद, समय इत्यादि कम है, बाँट नहीं सकते या सब कुछ भरपूर है। * पैसा आते ही दोस्त दुश्मन बन जाते हैं या दोस्त बढ़ जाते हैं। * ज़्यादा पैसा ज़्यादा समस्या या ज़्यादा पैसा ज़्यादा सुविधा। * पैसे से हम सब कुछ खरीद सकते हैं या पैसे से प्रेम और खुशी नहीं खरीदी जा सकती।

पैसे की मान्यताओं को अपने अंदर टटोलने के बाद यह समझें कि जितनी गलत मान्यताएँ आपके भीतर होंगी, समृद्धि आपसे उतनी ही दूर होगी। जो लोग समृद्धि पाना चाहते हैं, वे कभी पैसों के मामले में लापरवाही नहीं बरतते। वे पैसे की समस्या का यह सूत्र जानते हैं:

पैसे की समस्या = लापरवाही + सुस्ती + गलत आदतें – समझ

आप इस सूत्र को प्रस्तुत पुस्तक में और गहराई से समझ पाएँगे। पैसे की संपूर्ण समझ प्रदान करनेवाली इस पुस्तक का अवश्य लाभ लें।...

रुका हुआ पैसा उसी तरह बन जाता है

जैसे रुका हुआ पानी।

ऐसे पानी से दुर्गंध आने लगती है।

- तेजज्ञान इंटरनेट रेडियो -

२४ घंटे और ३६५ दिन सरश्री के प्रवचन और भजनों का लाभ लें, तेजज्ञान इंटरनेट रेडियो द्वारा।
देखें लिंक- http://www.tejgyan.org/internetradio.aspx

हर रविवार सुबह १०.०५ से १०.१५ रेडियो विविध भारती, एफ. एम. पुणे पर 'तेजविकास मंत्र'
नोट : उपरोक्त कार्यक्रमों के समय बदल सकते हैं इसलिए समय की पुष्टि करें।

www.youtube.com/tejgyan पर भी सरश्री के प्रवचनों का लाभ ले सकते हैं।
For online shoping visit us - www.tejgyan.org, www.gethappythoughts.org

e-books	-	• The Source • Celebrating Relationships • The Miracle Mind • Everything is a Game of Beliefs • Who am I now • Beyond Life • The Power of Present • Freedom from Fear Worry Anger • Light of grace • The Source of Health and many more.
		Also available in Hindi at www. gethappythoughts.org
e-mail	-	mail@tejgyan.com
website	-	www.tejgyan.org, www.gethappythoughts.org
Free apps	-	U R Meditation & Tejgyan Internet Radio on all platforms like Android, iPhone, iPad and Amazon
e-magazines	-	'Yogya Aarogya' & 'Drushtilakshya' emagazines available on www.magzter.com

---

पुस्तकें प्राप्त करने के लिए नीचे दिए गए पते पर मनीऑर्डर द्वारा पुस्तक का मूल्य भेज सकते हैं। पुस्तकें रजिस्टर्ड, कुरियर अथवा वी.पी.पी. द्वारा भेजी जाती हैं।
पुस्तकों के लिए नीचे दिए गए पते पर संपर्क करें।

✴ WOW Publishings Pvt. Ltd. रजिस्टर्ड ऑफिस-E-4, वैभव नगर, तपोवन मंदिर के नज़दीक, पिंपरी, पुणे- 411017

✴ पोस्ट बॉक्स नं. 36, पिंपरी कॉलोनी पोस्ट ऑफिस, पिंपरी, पुणे - 411017
फोन नं.: 09011013210 / 9146285129

आप ऑन-लाइन शॉपिंग द्वारा भी पुस्तकों का ऑर्डर दे सकते हैं।
लॉग इन करें - www.gethappythoughts.org
500 रुपयों से अधिक पुस्तकें मँगवाने पर 10% की छूट और फ्री शिपिंग।

तेजज्ञान फाउण्डेशन – मुख्य शाखाएँ

पुणे (रजिस्टर्ड ऑफिस) – विक्रांत कॉम्प्लेक्स, तपोवन मंदिर के नज़दीक, पिंपरी, पुणे-४११ ०१७. फोन : 020-27411240, 27412576

मनन आश्रम – सर्वे नं. ४३, सनस नगर, नांदोशी गाँव, किरकटवाडी फाटा, तहसील- हवेली, जिला- पुणे - ४११ ०२४.
फोन : 09921008060

- विश्व शांति प्रार्थना -

'पृथ्वी पर सफेद रोशनी (दिव्य शक्ति) आ रही है।
पृथ्वी से सुनहरी रोशनी (चेतना) उभर रही है।
विश्व से सारी नकारात्मकता दूर हो रही है।
सभी प्रेम, आनंद और शांति के लिए
खुल रहे हैं, खिल रहे हैं।'

यह 'सामूहिक अव्यक्तिगत प्रार्थना' तेजज्ञान फाउण्डेशन के सदस्य पिछले कई सालों से निरंतरता से कर रहे हैं। खुश लोग यह प्रार्थना कर सकते हैं और बीमार, दुःखी लोग उस वक्त एक जगह बैठकर इस प्रार्थना को ग्रहण कर स्वास्थ्य लाभ पा सकते हैं।

यदि इस वक्त आप परेशान या बीमार हैं तो रोज़ सुबह या रात 9:09 को केवल ग्रहणशील होकर इस भाव से बैठें कि 'स्वास्थ्य और शांति की सफेद रोशनी जो इस वक्त प्रार्थना में बैठे कई लोगों द्वारा नीचे पृथ्वी पर उतर रही है, वह मुझमें भी अपना कार्य कर रही है। मैं स्वस्थ और शांत हो रहा हूँ।' कुछ देर इस भाव में रहकर आप सबको धन्यवाद देकर उठें।

www.ingramcontent.com/pod-product-compliance
Lightning Source LLC
LaVergne TN
LVHW040151080526
838202LV00042B/3119
* 9 7 8 8 1 8 4 1 5 3 9 5 8 *